U0748883

乌尔都语民间故事集

[巴基斯坦] 穆罕默德·穆英奴·丁·德尔达伊 著

孔菊兰 译

天狼星之光

中西书局

图书在版编目（CIP）数据

天狼星之光 / （巴基）穆罕默德·穆英奴·丁·德尔达伊著；孔菊兰译. -- 上海：中西书局，2025.
（乌尔都语民间故事集）. -- ISBN 978-7-5475-2400-8

Ⅰ. I353.73

中国国家版本馆 CIP 数据核字第 20257CJ643 号

乌尔都语民间故事集
TIANLANGXING ZHIGUANG

天狼星之光

[巴基斯坦] 穆罕默德·穆英奴·丁·德尔达伊　著

孔菊兰　译

特邀插画	岑偲仪　江亦涵
责任编辑	孙本初
装帧设计	黄　骏
责任印制	朱人杰

出版发行	上海世纪出版集团 中西书局（www.zxpress.com.cn）
地　　址	上海市闵行区号景路 159 弄 B 座（邮政编码：201101）
印　　刷	上海展强印刷有限公司
开　　本	787 毫米×1092 毫米　1/32
印　　张	7.375
字　　数	114 000
版　　次	2025 年 5 月第 1 版　2025 年 5 月第 1 次印刷
书　　号	ISBN 978-7-5475-2400-8/I·273
定　　价	50.00 元

本书如有质量问题，请与承印厂联系。电话：021-66366565

出 版 献 辞

　　我怀着对文学遗产和永恒智慧的赞美和欣赏，为《天狼星之光》写这篇序言。《天狼星之光》是一部非凡的古代寓言集，跨越了文化、语言和世代的界限。这部作品植根于民间故事《五卷书》，体现了一种超越地理边界和语言差异的独特叙事，并提供了对生活、道德和治理的反思。乌尔都语版《天狼星之光》的故事最初来自梵语本的《五卷书》，多个世纪里，先后经历了多次从梵语翻译成阿拉伯语和波斯语的过程，最终由波斯语的《卡里莱和笛木乃》辗转翻译而来。《天狼星之光》不仅是一部民间故事，而且还是文化交流的载体。

　　《天狼星之光》通过飞禽走兽的生活喻示人生哲理、处世之道和治国策略。一个个短小的故事，简单朴素，却说出大道理。其独到的叙述方式，生动有趣的描绘，很多时候会让我们会心一笑，使我们不能不为古代人的智慧和睿智而发出赞叹。正因为如此，就像《五卷书》和《卡里莱和笛木乃》一样，《天狼星之光》也一直在次大陆流传，成为乌尔都语古典文学的一株奇葩。

《天狼星之光》将生命哲学提炼成动物和自然的故事，表面上看似简单，但其伦理和哲学内涵却很深刻。长期以来，这些故事展示出古代文明中的文学价值趋向，为人们指出一个个道德操守与行为准则，真是令人叹为观止。

目前的中文译本是以1977年的乌尔都语本为基础，为这部作品漫长而多层次的旅程开启了另一章。它保留了原作的精神和结构，同时使新的读者能够沉浸其中。通过这样做，它强化了我们共同的信念，即文学具有启迪、联系和持久的力量。

中巴友谊源远流长，从古老的文化往来到今天频繁的人文交流。这本书的出版具有重大意义，致力于进一步加强中巴人文交流，为中国读者全面了解巴基斯坦提供有益参考。

我衷心赞扬北京大学孔菊兰教授的勤奋精神，感谢她将《天狼星之光》翻译成中文介绍给中国读者，感谢中西书局为促进中巴文化交流所做的努力。

　　让《天狼星之光》再次引导思想跨越国界，让其不是作为过去的遗迹，而是作为世代和文明之间的生动对话。

卡里尔·哈什米　Khalil Hashmi

巴基斯坦伊斯兰共和国驻中华人民共和国大使

2025 年 4 月

中 译 本 序

　　《五卷书》是著名的印度寓言和故事集,流传甚广,通过巴列维语传遍了欧洲和阿拉伯国家。"一九一四年,曾有人算过一笔账:《五卷书》共译成了十五种印度语言、十五种其他亚洲语言、两种非洲语言、二十二种欧洲语言。"①乌尔都语译本也在其中,问世于1836年,取名《天狼星之光》。

　　《天狼星之光》并非由梵语本的《五卷书》翻译而成,而是通过阿拉伯语和波斯语的《卡里莱和笛木乃》辗转翻译而来,其历程可追溯到多个世纪前。"6世纪初,古代波斯帝国萨珊王朝国王努席尔旺(Nūshīn-ravān,531—579)②听说印度有一本极好的书,便派学者、朝廷

---

　　①　季羡林译:《五卷书》,译本序,人民文学出版社,2001年,第2页。
　　②　努席尔旺,531—579年在位,即波斯帝国萨珊王朝库思老思一世(Khosrow Ⅰ),以公正和强大闻名于世。

御医白尔·扎维亚前去抄来。经过一番周折，他带回了抄本，并于 570 年将其译为巴列维语，献给奴席那旺。"①他拿回的抄本就是《五卷书》。后来伊本·穆加发②以"卡里莱和笛木乃"为名，将其从巴列维语翻译成阿拉伯语。"1121 年，奴斯尔·阿拉把它从阿拉伯语译为波斯语。"③1505 年，达厄兹·卡希非把波斯语译本中的两章删掉，改书名为《天狼星之光》。"1587 年，按照阿克巴大帝④的旨意，史官阿布·法泽尔把《卡里莱和笛木乃》改写成波斯语缩写本，并把达厄兹·卡希非删掉的两章节补上。"⑤1803 年，福特·威廉姆斯学院⑥的哈菲兹·丁·艾哈迈德对《卡里莱和笛木乃》以《点亮智慧之人》为名进行改写，1836 年，高雅·夏格尔德·纳斯赫把它译为乌尔都语的《天狼星之光》⑦。之后这

① 穆罕默德·穆英奴·丁·德尔达伊：《天狼星之光》的内容提要。

② 伊本·穆加发(Ibn al-Muqaffa，724—759)，波斯人，阿拉伯文学家，最早把《五卷书》译成阿拉伯文的译者。

③ 基杨·金德：《乌尔都语散文史》，印度北方邦乌尔都语研究会，1987 年，勒克瑙，第 452 页。基杨·金德，南亚学者，乌尔都语文学评论家、古典文学研究者，著有多部文学研究著作。

④ 阿克巴大帝(Akbar，1556—1605 年在位)，印度莫卧儿王朝(1526—1857)第三任皇帝。

⑤ 基杨·金德：《乌尔都语散文史》，第 453 页。

⑥ 福特·威廉姆斯学院，由英国人创办于 19 世纪初的印度加尔各答。

⑦ 基杨·金德：《乌尔都语散文史》，第 453—454 页。

一版本一直流传至今,被认为是最好的乌尔都语译本。1977 年,穆罕默德·穆英奴·丁·德尔达伊①再次以《天狼星之光》为蓝本,进行改编,新版仍沿用"天狼星之光"一名。

学者基杨·金德认为,《天狼星之光》是"达厄兹·卡希非将穆加发和奴斯尔·阿拉的两个译本进行融合、删节和改编而成的"②。而 1977 年版的乌尔都语《天狼星之光》的编译者在"译文序"中明确地说:"我把主要故事翻译过来,放弃了故事套故事引出的故事,我没有采用原文里插入的大量诗歌,作了删除。为了做到引人入胜、流畅、有趣,我忽略了古波斯语的那些生僻词汇,以及考究、赋有诗韵的描绘和不必要的波斯语修饰。"③由此可见,乌尔都语版本的《天狼星之光》是经过几百年的辗转翻译、改编后的编译本。

中文版的《卡里莱和笛木乃》④是林兴华先生由波斯人伊本·穆加发编著的阿拉伯语本翻译而来的,阿

---

① 穆罕默德·穆英奴·丁·德尔达伊,1977 年版《天狼星之光》的译者。

② 基杨·金德:《乌尔都语散文史》,第 453 页。

③ 穆罕默德·穆英奴·丁·德尔达伊:《天狼星之光》,译文序,1977 年,第 7 页。

④ 林兴华先生的中译本书名为《卡里来和笛木乃》。

拉伯语的《卡里莱和笛木乃》由巴列维语本编译而成，乌尔都语本的《天狼星之光》也是由巴列维语的《卡里莱和笛木乃》编译而来，经历了同样的翻译、改编的历程，这就是为什么《卡里莱和笛木乃》和《天狼星之光》这两个故事集在主要结构、主干故事上十分相似的原因。两个故事集都是从讲述狮子与黄牛的故事开始，之后不断地穿插故事，大多数故事的情节也相似，即都是通过简单朴素的故事，讲一些处世做人的道理和道德教训。

然而，两个故事集中的不同点也是显而易见的，比如故事名称、插入故事的数量、故事情节、叙述语言，还有一些细节上的差异。《卡里莱和笛木乃》中的故事以动物和人为名，比如"狮子和黄牛""笛木乃的审讯""鸽子""猫头鹰与乌鸦""猴子与乌龟"等；《天狼星之光》中的故事名称都是由故事内容提炼出来的，比如"不吹毛求疵，不搬弄是非""对恶人的惩处以及他们的下场""帮助朋友的裨益""严密监视敌人，不惧怕他们的阴谋诡计""得到的东西因疏忽而丧失""冲动带来的危害"等。至于动物名称改变更是比比皆是，比如《卡里莱和笛木乃》里是狮子与黄牛，《天狼星之光》中是老虎与黄牛；《卡里莱和笛木乃》里的卡里莱和笛木乃是两只狐狸,而《天狼星之光》中相应的角色是两只豺狼。

两个故事集的插入故事的数量相差相当悬殊。《卡里莱和笛木乃》里穿插的故事很多,多的有十几个;而《天狼星之光》里则比较少,一般只穿插一两个故事,最多不超过三四个故事。如《卡里莱和笛木乃》里的"狮子和黄牛"的故事,在《天狼星之光》里是"不吹毛求疵,不搬弄是非"的故事。两个译本的主干故事基本相同,讲的是一个人(或商人)有三个儿子,他们无所事事,父亲鼓励他们出去谋生。大儿子带着两头牛出去做生意,其中一头牛在半路上因受伤被留在森林里,它的叫声吓坏了狮子(在《天狼星之光》中是老虎),笛木乃劝狮子不要害怕。之后黄牛因为贤能,被狮子重用,笛木乃出于妒忌,在狮子面前诬陷黄牛,狮子中计,杀了黄牛。在《卡里莱和笛木乃》的"狮子和黄牛"故事里,穿插了"大鼓的故事""老鸦杀死黑蛇""鸬鹚和螃蟹""兔子杀死狮子""三尾鱼和渔翁""虱子与富翁""傻子的故事""蜜蜂被困死在花瓣里""雄狮和骆驼""一对海鸥的故事""野鸭和乌龟""猴子和雀的故事""傻子和坏人合股的悲剧""鹰捉大象"等十四个故事,①这些故

---

① 参见林兴华译:《卡里来和笛木乃》,商务印书馆,2019 年。

事在《五卷书》里均能找到；有的是穿插故事里又穿插故事，比如"一对海鸥的故事"里穿插了"乌龟的故事"。但《天狼星之光》的"不吹毛求疵，不搬弄是非"故事中却没有穿插以上任何一个故事，故事内容一直是笛木乃与卡里莱之间、笛木乃与虎王和笛木乃与牛之间的对话。按照这个规律，只要《卡里莱和笛木乃》的某个故事里没有穿插故事，那么两个版本的故事就会高度相似。比如，《卡里莱和笛木乃》中的"笛木乃的审讯"和《天狼星之光》中相应的"对恶人的惩处及其下场"故事中都没有穿插故事，两个版本的故事梗概都是狮子（老虎）杀死黄牛后十分懊悔，后来狮子（老虎）在太后的帮助下替黄牛报了仇。可以说《天狼星之光》删掉了《卡里莱和笛木乃》中的众多插入故事，从开篇到结尾基本保持连贯叙述。此外，《天狼星之光》有时会把《卡里莱和笛木乃》中的某一插入故事简要连接到另一故事上，比如会有这样的结尾："就如没有远见的老鼠成为自己愚蠢和挥霍的牺牲品一样。老鼠在一个农民家的粮库里安了家，但是他不珍惜，不断地挥霍浪费，最后，粮堆没了，老鼠也饿死了。"[①]"你可别像那

① 乌尔都语本《天狼星之光》第34页，本译文第30页。

只倒霉的猴子那样，他干涉木匠的事，最后为此白白丢掉了性命。"[1]"否则就会像那只遇到灾难的鸽子一样，他不听同伴的劝阻去旅行，结果陷入灾难不能自拔。"[2]"就像花豹一样，通过奋斗和经历艰难困苦，在森林里获得霸主的地位。"[3]这样的段落结尾处处可见，都没有继续展开叙述。而在《卡里莱和笛木乃》中，这些都是一个个完整的插入故事，而且还会由此再衍生出一两个甚至三四个故事。

在故事情节上，《卡里莱和笛木乃》前四节故事为"白哈努德·伊本·撒哈旺给本书写的序言""白尔才外出使印度""布祖尔吉米亥尔·伊本·巴海丹写的白尔才外传""阿拉伯文译者伊本·穆加发的序言"。这四节主要叙述婆罗门学者为印度国王写这本书的缘由，其中也穿插了很多动物故事。乌尔都语本的《天狼星之光》没有吸收穆加发编译的《卡里莱和笛木乃》里这四节故事，而是杜撰了一位叫作"胡马雍·法尔"的中国皇帝和一位被称为"幸运智囊"的大臣之间的对话。他们在花园里看见蜜蜂有序地按照自己的分工忙

---

[1] 乌尔都语本《天狼星之光》第 37 页，本译文第 33 页。
[2] 乌尔都语本《天狼星之光》第 27 页，本译文第 23 页。
[3] 乌尔都语本《天狼星之光》第 29 页，本译文第 25 页。

碌地采蜜和修缮蜂巢，谈话间，大臣说起拉艾·达比什里姆①和婆罗门学者白德巴埃②的故事：国王拉艾·达比什里姆因为慷慨施舍，得到神仙的启示，获得一个宝箱，并在这个宝箱里得到胡山国王③的十四个忠告，他被要求前往斯里兰卡山找寻十四个忠告的答案。到达斯里兰卡山后，他遇到了婆罗门学者白德巴埃，白德巴埃通过讲故事引出了十四个忠告的由来。

在故事的叙述上，《卡里莱和笛木乃》的故事多是开门见山、平铺直叙，《天狼星之光》在展开故事叙述前有一段冗长的对人生或道德的议论。在《卡里莱和笛木乃》里的"白拉士、伊拉士和玉兰皇后"故事里，白德巴埃说："一国之君要保持江山、安定国家，最重要的是宽容大量。宽容是一切事业的根本，也是帝王最好的

---

① 阿拉伯语本译者林兴华先生在《卡里来和笛木乃》译本中使用的译名是"大布沙林"，乌尔都语的拼写是دابشلم（dābshlīm），为同一人。根据乌尔都语的发音，本书将该名译为"达比什里姆"。

② 林兴华先生在《卡里来和笛木乃》译本中使用的译名是"白得巴"，乌尔都语本的拼写是بيد پاے（baid pāē），为同一人。根据乌尔都语的发音，本书将该名译为"白德巴埃"。

③ 胡山，古代传说中伊朗的第二位国王，其祖父是凯尤玛尔斯，俾什达迪王朝的建立者，父亲是西亚马克，被恶魔阿赫黎曼之子杀死。胡山为父报仇，杀死恶魔，之后继承了祖父的王位，当政四十年。传说是他第一个发现取火的方法，并确立了"圣火节"。他还发明了耕种技术，传授烙饼和煮饭的方法。《五卷书》和《卡里莱和笛木乃》里均没有提及该人物。

美德。正如白拉士国王一样。"①而《天狼星之光》的"宽容、慎重和忍耐的美德"故事中大段陈述了宽容和忍耐带来的益处和不宽容带来的危害,之后才开始讲故事。即便《卡里莱和笛木乃》的故事中有一点议论铺垫,也都比较简练,而且叙述情节也大多与《天狼星之光》不同。比如对比父亲教导儿子的情节,《卡里莱和笛木乃》里的父亲教导儿子们说:"要做一个英雄好汉,必须具备三个条件。要想具备这三个条件,又必须学会四件本领。哪三个条件呢? 一是金钱,二是地位,三是阴功。哪四件本领呢? 一是会以最好的方法赚钱,二是会把金钱处置得当,三是会利用金钱生财,四是会用金钱来改善生活,并和亲友们共同享受……"②儿子们听了后点头称是,纷纷走出家门谋生。但《天狼星之光》中,三个儿子听了父亲的话后,都提出了自己的疑问或不同见解。大儿子提出了信天命的问题,二儿子提出了拥有这么多财富的价值问题,三儿子提出了如何消费的问题,父亲一一进行解答。这里充满伊斯兰教宿命论思想。《天狼星之光》还会将《卡里莱和笛木乃》中

---

① 林兴华译:《卡里来和笛木乃》,第 217 页。
② 林兴华译:《卡里来和笛木乃》,第 57 页。

的大段哲理替换为自己的简单论述,甚至论点也明显不同,有时还会增加一些神秘主义思想的内容。比如,《天狼星之光》中"得到的东西因疏忽而丧失"的故事和《卡里莱和笛木乃》里"猴子与乌鸦"的故事,讲的是同一个故事,但"得到的东西因疏忽而丧失"的故事增加了建立友谊标准的论述,即有三类人可交友,三类人不可交友。《卡里莱和笛木乃》中"猫头鹰和乌鸦"的故事得出的结论是:即使敌人表现出最大的逢迎和谦恭,也要谨防被他欺骗。[①] 同样的故事在《天狼星之光》中得出的结论是:勇猛达不到的事,计谋和智慧可以做到。并且还得出了另外的启示:热情朋友和忠实助手的帮助才是世界上最难以得到的。

可见,经过多个编译者之手后,《天狼星之光》已经与《卡里莱和笛木乃》有了很大的不同,而这些不同都是编译者有意而为之的,也体现了民间文学变异性的特点。

中译本的《五卷书》由季羡林先生根据 1198 年梵语本翻译而成,[②]但是最早的《五卷书》出现在什么时候

---

① 林兴华译:《卡里来和笛木乃》,第 174 页。
② 参见季羡林译:《五卷书》,译本序,第 5 页。

已不得而知。季羡林先生说：“《五卷书》的帕荷里维文①译本是六世纪译成的，阿拉伯文译本是八世纪译成的。”②这样看来《五卷书》最早出现大概在公元 6 世纪。《五卷书》的故事除来自民间，还多出自两大史诗《罗摩衍那》《摩诃婆罗多》和印度教法典《摩奴法典》，故事传递的也是古代印度教的思想，《五卷书》的巴列维语译本根据推测也应该是这样。但是林兴华先生译的《卡里来和笛木乃》阿拉伯语本出现在 750 年左右，那时伊斯兰教已经创立，所以故事里已经出现了明显的阿拉伯文化和伊斯兰教思想倾向。《卡里莱和笛木乃》的前几个故事里明显出现诸如“安拉赐给他的仆人大恩大慈，使他们能安排今世的生活，挽救灵魂免于后世的罪愆”③，“感谢安拉借幸福的国王的手赐我恩惠”④，“愿安拉赐陛下长寿，成为今生后世品德最高的人”⑤，“这些事情，都是定命”⑥，等等，体现了伊斯兰教兴起之初

① 帕荷里维文即巴列维语，或称钵罗钵语、帕拉维语，是中古波斯语的主要形式。
② 季羡林译：《五卷书》，译本序，第 5 页。
③ 林兴华译：《卡里来和笛木乃》，第 29 页。
④ 林兴华译：《卡里来和笛木乃》，第 34 页。
⑤ 林兴华译：《卡里来和笛木乃》，第 36 页。
⑥ 林兴华译：《卡里来和笛木乃》，第 202 页。

对阿拉造物、崇拜真主以及信天命的信条的表述。乌尔都语本《天狼星之光》是在波斯语本《卡里莱和笛木乃》基础上再编译的，出现在18世纪，而18世纪正是伊斯兰教神秘主义发展的鼎盛时期，所以其故事中不仅继续出现了《卡里莱和笛木乃》里的"阿拉""伊斯兰教天神""使者"等词语，还增加了《古兰经》的短句和"圣训"的内容。其中，伊斯兰教神秘主义思想尤其得到凸显，编译者在故事中处处插入伊斯兰教的宿命论思想，告诉信徒要信天命，要信真主，要为去另一个世界积攒功德，不要留恋现实世界，否则就会走向不归之路。

这就是最早的《五卷书》经几个世纪的编译的洗礼后，变成了今日的乌尔都语本《天狼星之光》的历史。它是不同时代的编译者在阅读原文、通晓故事的基础上，根据自己的理解，与时俱进，对文本进行删节、增添和再创作的结果。最终，一个包含不同地域、不同时代、不同价值取向的故事集流传了下来。

《天狼星之光》是通过飞禽走兽的故事喻示人生的哲理、处世做人的道理和治国的策略，一个个短小的寓言，简单朴素，却说出大道理。虽然故事中的一些消极的成分，如宿命论的思想等都并不可取，但是其叙述的方式、生动有趣的描绘，很多时候会让我们会心一笑，使我们不能不为古人的智慧和睿智而发出赞叹。正因为如此,就像《五卷书》和《卡里莱和笛木乃》一样,《天狼星之光》也一直在南亚次大陆流传,成为乌尔都语古典文学的一朵奇葩。

由于早期乌尔都语本的《天狼星之光》的缺失,本译文采用1977年版的乌尔都语《天狼星之光》作为原本。本中文译本完全尊重原译本,没有进行任何删减和改造。为了便于读者理解,很多地方做了注释。

《五卷书》由季羡林先生于1963年译出,《卡里莱和笛木乃》由林兴华先生于1959年译出,两个译本都受到中国读者和研究者的关注和欢迎。《卡里莱和笛木乃》被列为"汉译阿拉伯经典文库"之一,乌尔都语本的《天狼星之光》之汉译则被列为"乌尔都语民间故事集"之一,首次介绍给中国读者,希望读者喜欢。译者在此作了粗浅的比较,只是想把自己的感受与读者分享,对世界古典名著进行比较,不是一蹴而就的,这里权当抛砖引玉。能帮助读者更多了解本书的相关背景,同时为后来的研究者提供一些比较的材料或思路,就达到译者之目的了。

孔菊兰

乌尔都语本序

几千年前，有一位叫作白德巴埃的婆罗门学者为印度国王达比什里姆①撰写了一本书。作者着力从政治和宗教的角度为国王提供治理国家、公正执法、忠于职守和摆脱敌人的智谋和哲理，完成了这本具有指导性意义的著作。达比什里姆一直把这本书放在眼前，经常翻阅，从中得到了一些启示和帮助。这本书代代相传，但只在执政者中流传，别人无法问津。

慢慢的，波斯的努席尔旺国王知道了印度的一位国王有本珍稀的书籍。书中使用动物的语言，以极其风趣的方式，叙述统治世界的规则和哲理。他对此书产

① 在白哈努德·伊本·撒哈旺给《卡里莱和笛木乃》写的序言里，描述达比什里姆曾是一位非常暴戾恣睢的国王，后来他接受了哲学家白德巴埃的谏言，又看了白德巴埃编写的政治学典籍，变成施行仁政、善待百姓的国王。《天狼星之光》没有这一段描述，直接从达比什里姆变为一个好国王开始叙述。

生了极大的兴趣，于是派朝廷中有名望的语言学者白尔·扎维亚前去印度。扎维亚在印度待了一段时间，想尽办法，施展各种手段，将这本书抄了副本带回，并把它从梵语翻译为巴列维语，之后面呈努席尔旺国王。

努席尔旺国王对这本书爱不释手，总把它搁在身边，从中获得治国理政的至理名言。之后，他的继任者也同他一样不断地从此书中获得谋略，并一直避免此书流出宫外。

阿拔斯王朝哈里发①阿布贾法尔·门素尔·宾·穆罕默德得知这本书后，想尽办法得到了它，并下旨命伊玛目阿布胡森·阿卜杜拉·伊本·穆加发②将其从巴列维语译成阿拉伯语，将此书视如珍宝。之后纳斯尔·宾·艾哈迈德·萨珊尼又命宫廷的一位学者将其由阿拉伯语译为波斯语。国王马茂德·伽色尼③时代，鲁达基④把它写成叙事诗，之后阿布玛利·奴斯尔·

---

① 中世纪政教合一的阿拉伯国家的国王被称为哈里发。
② "阿布胡森·阿卜杜拉·伊本·穆加发"是"伊本·穆加发"的全名。
③ 马茂德·伽色尼（998—1030年在位），古代阿富汗国王，伽色尼王朝第三代苏丹。在位期间，征战不息，曾十七次攻打印度，他当政期间是伽色尼王朝发展最鼎盛时期，为以后穆斯林入侵印度铺平道路。
④ 鲁达基（850—941），有波斯语诗歌之父之称，用叙事诗创作了《卡里莱与笛木乃》。

阿拉·宾·穆罕默德①再次把伊本·穆加发的阿拉伯语本译为波斯语，取名《卡里莱和笛木乃的故事》。但是，这个译本的波斯语充斥着艰深的韵文、难懂的比喻和隐喻，使阅读者感到困难重重。所以埃米尔谢赫·艾哈迈德·苏海利要求毛拉侯赛因·宾·阿里达厄兹·卡希非②把这本书译成通俗易懂的读本，后者接受旨意，将其译成《天狼星之光》。

《卡里莱和笛木乃的故事》基本内容是论述治国安民，其核心谈论的是谋生的手段，分为三种，首先是道德修养，其二是家政管理与婚姻，第三是民事管理，谈论的多是城市与国家的管理。毛拉侯赛因·达厄兹·卡希非没有吸收《卡里莱和笛木乃的故事》中不太重要的第一章节，而是将其编写成十四个章节，通过达比什里姆和婆罗门学者白德巴埃之间的对话的方式将故事记叙出来。

我在翻译这本书时，考虑到几个问题。首先，要保持全文流畅、通俗易懂和富有情趣；第二，尽量做到比其他版本简略。所以，我只把主要故事翻译过来，放弃

---

① "阿布玛利·奴斯尔·阿拉·宾·穆罕默德"是"奴斯尔·阿拉"的全名。

② 以上几个人物的身份无法考证。

了故事套故事引出的故事。我没有采用原文里插入的大量诗歌，做了删除。为了做到引人入胜、流畅、有趣，我忽略了古波斯语的那些生僻词汇，以及考究和富有诗韵的描绘和不必要的波斯语修饰。但故事内容还是完全忠实于原文，没有任何添加。

穆罕默德·穆英奴·丁·德尔达伊

目　录

天狼星之光

楔子（一）
一位中国皇帝的故事

　　古代中国有一位皇帝，他统治下的国家疆土辽阔，富庶强大。建国元勋的美誉让他名扬四海，威震宇内的国王归顺于他，众多小国心悦诚服地成为他的藩属国。他的朝廷里汇聚着富有智慧又极具谋略的大臣，充盈着学者、智者和哲学家，他视他们为自己的财富。他拥有无数的将士，他们整装待发，只要他一声令下，即可奔赴疆场。皇帝自己也是英勇善战、慷慨豁达。总之，他的王国祥和而强大。

　　人们称他为"胡马雍·法尔"皇帝，他公正执法，赢得了人民的拥护；他的慷慨大度使年长者、无助者以及需要救济者衣食无忧。他清楚地知道，如果皇家当权者不能公正地处理百姓事务，国家定会出现恐慌和骚乱，甚至走向灭亡。同样，如果不关心被压迫者和受苦人,不保护他们,整个国家就会被专制和残暴所笼罩。

皇帝有一位干练的大臣,他的进谏总能使国家的很多症结得到解决,他帮助国王平息多次动乱,纠正了无政府状态,欺压百姓的荆棘被连根拔掉。人们因他的高明①见解称他为"幸运智囊"。胡马雍·法尔皇帝凡事都要咨询他,否则绝不作任何决定,征战方面的谏言就更仰赖他了。

有一天,胡马雍·法尔去野外狩猎,"幸运智囊"大臣陪同前往。猎场的气氛由于皇帝的光临而热闹非凡,猎鹰逼得飞禽纷纷落地,成为皇帝的美餐,猎犬钻出笼子狂奔追赶着猎物,猎豹追逐着黑目的梅花鹿,猎狗伸出狮虎般利爪把兔子赶进包围圈内,苍鹰如利箭一般展翅高空,猎隼吸吮着飞鸟的鲜血。

皇帝狩猎已经尽兴,旷野和天空中也已不见了飞禽,他下令军队返回。皇帝和大臣要返回京城,但是此时天气炎热,阳光炙烤,就是一块硬铁也会像蜡烛一般融化。火焰般的阳光洒满大地,马儿因酷热止步不前。胡马雍·法尔对"幸运智囊"大臣说:"天气这般炎热,

---

① 原意为"幸运的、善良的",根据上下文,译为"高明的、有见地的"更为贴切。

在热浪中行军不是聪明之举。这会儿就是帐篷也未必能提供荫凉,大地好像是火炉。快想想办法吧,找个荫凉处歇息一阵。等太阳把自己的脸儿藏在西边,我们再出发不迟!"

"幸运智囊"大臣点头称是,拱手说道:"陛下是天子,怎能让太阳烤着您呢!附近就有座山,为了御体着想,最好去那里,而且我们一会儿便会赶到那里。那里山高林密,是消夏的最好去处,从山顶到山脚满眼绿色,还有上千眼甘甜的山泉,花蕾、鲜花在微风中摇曳,就像天上闪烁的星辰;山泉中涌出的小溪,就犹如天堂里的涓涓清泉,蜿蜒着顺着山沟流淌而下。愿为陛下献身的我建议陛下去那里,在绿荫下歇息,陛下消热解暑,便可神清气爽。"

按照"幸运智囊"大臣的建议,胡马雍·法尔皇帝带着随从一会儿就赶到了山脚。眼前的确是一座高耸入云的山,四周被一片葱绿环绕。皇帝爬上山顶,极目远望,之后又溜达下山,来到一片开阔地。那里气象万千,青草葱郁,花儿鲜亮,就像是天堂里的花园一般。花丛中有一朵紫罗兰犹如情人的发辫一样弯曲着。徐徐的凉风吹过,香气四面弥漫,扑鼻而来,夜莺的歌声在空中回荡,小溪边盛开的花儿清新而娇嫩,欢歌的鸟儿站在枝杈上啾啾地叫着。

草坪中有一池清泉,池里边的水比生命之水还富有生命气息,比清快泉①还要气象万千,甘甜,清澈透底。

大臣命人在河边放好龙椅,胡马雍·法尔皇帝坐上歇息,随行的军队和随从都席地卧躺在河边。他们从滚烫的地狱走到天堂般的清凉地,从心里感谢真主的眷顾。②

皇帝和大臣看着大千世界的自然风貌,绚丽多彩的大地,感慨万分。这时胡马雍·法尔皇帝突然看见一棵枯树上有一个大洞,被蜜蜂当作城堡,一群蜜蜂在那儿飞来飞去,皇帝便问道:"他们③为什么要围着这棵树飞来飞去?他们怎么会选择在此?又是遵循谁的旨意来到这里?"

"幸运智囊"大臣恭敬地回答道:"陛下!这些蜜蜂是益虫,他们不会给人类带来任何伤害。《古兰经》提

---

① 又称"天堂河",参见马坚译:《古兰经》,第七十六章第十八节,中国社会科学出版社,1981年。

② 因为叙述者是伊斯兰教信徒,所以他说"感谢真主的眷顾"。

③ 因本文的主角大多是动物,并且已经拟人化,本译文所有的动物都使用第三人称的"他"或"她"指代。

到过他们的美德和纯洁。① 他们的女王被称为蜂王。蜂王的体型大于一般的蜜蜂。蜂王统治着蜂群，她生活在一个蜂蜡做成的四方形巢里。蜂王的宰相、卫兵、哨兵和弹唱诗人②都听从蜂王的吩咐。工蜂的工作十分出色卓越，他们为自己建造六边形的蜂蜡屋子，屋子的每条边不差分毫，就是最好的数学家也无法计算到如此精确。然而，他们无需借助任何仪器工具，就能建造这样的屋子。他们听从蜂王的旨意外出采蜜。蜂王会亲自聆听他们的承诺，即不要让自己的美德被污秽所玷污，只在花儿和花蕾上停留，只吮吸洁净花瓣的汁液。蜜蜂所吸吮的汁液，是口水。这些口水被取出来，成为美味的汁液，是有利于健康的佳品。

"这些工蜂吸食花粉后返回家园。卫兵首先会嗅一下他们的口器，看他们是否沾染过不洁之物，在确信无疑后才允许他们进入家门。如果他们接触过什么不洁之物，他们的口器便会散发出臭味，守卫会当即把他们咬成两段。如果因为守卫的疏忽而让他们进入家

① 参见马坚译：《古兰经》，第一六章第六十八节。这里也是因为叙述者是穆斯林，才会提到《古兰经》。以下故事叙述中也有类似情况。

② 指中世纪活跃在朝廷里的吟游诗人，他们专为国王歌功颂德或吟唱一些传奇故事。

门，那也逃不过蜂王的敏锐嗅觉。如果蜂王觉得某个工蜂散发臭味，就会立即传他面见，先杀死守卫，之后再杀死这只邪恶的蜜蜂，以告诫其他蜜蜂以此为鉴戒。除了蜜蜂，其他东西休想钻进他们的家。如果有以身试法者，首先会遭到守卫的拦阻；如果有强行进入者，蜜蜂就会与之搏斗，直到杀死对方为止。

"有一个著名的传说，贾姆希德国王①当政期间就是按照蜜蜂的规则挑选守卫、看守、使者的，就连宝座的布置都是借鉴了蜂巢的风格。"

胡马雍·法尔皇帝听到这些，便想就近观察蜜蜂。他起身来到树下，紧盯着蜜蜂。只见蜜蜂飞来飞去，井然有序。他们依照蜂王的吩咐，成群结队地飞出去，在干净的地方取来洁净的食物然后返回，他们相互之间没有利益纠纷，也没有企图去伤害别的蜜蜂。

皇帝看了一会儿后说道："哎，'幸运智囊'大臣，太奇怪了！他们是野生动物，但他们的秉性却是互不伤害；他们有毒刺，但不是为了蜇人，而是为了产蜜；他们有军队般的组织和编制，但却展现出柔情和友善。相

---

① 贾姆希德国王，古代波斯传奇国王。传说他让人做了一个能看见世间万物的神杯。

反，我们人类总在试图相互残害。"

大臣答道："陛下！真主赋予他们都一样的自然属性。而对于人类，真主在给予人类各式各样、各自不同秉性的同时，把灵魂与身体的污秽、光芒和黑暗一并赋予了人类。所以人类中会出现各种行为和种种不堪的事情。人类被赋予神仙的智慧和品性的同时，还被赋予了魔鬼的邪念和贪欲。有些人达到了先知阿丹般的智慧高度，还有的人成为撒旦般的叛逆和邪念的牺牲品，为自己在地狱里找到了永久的位置。"

皇帝说："你所叙述的纵欲者的情况，会让人想到离开这个世界去隐居更好，这样就可以不与同类厮混荒度光阴。把时间用在净化心灵、修身养性中，可以走出迷途。我听说，先知只是处于隐居中。我今天知道，大多数人比黑蛇还毒，同这些人交往会使生命处于危险之中。正因为如此，有些智者隐藏在森林和洞穴中度过自己的余生。"

听了皇帝这番话，"幸运智囊"大臣拱手说道："陛下所言极是。人与人之间的交往使人心烦意乱，但是鉴于人类有改造的需要，有些宗教长者和学者们认为和人群生活在一起比隐居更好。他们说：'如果遇见合适的共事者，那这种交际无疑比独居好；如果共事者、好友不善良、不仁慈，那无疑独居好于共居。'仔细想想，就是这个道理。因为人类彼此交往会收获知识和才智。'圣训'说：'伊斯兰教里没有隐居。'

"仔细想想，人类天生喜欢交际，需要文明和社会，今世和来世的创造者使人类需要彼此。如果人类社会不协作，那人类个体和集体都无法发展。一人生产粮食，另一人纺织棉布，第三个人为他们制造工具。如果其中有一个人不去做，不协作，三个人就都无法生存，所以在社会生活中搭把手极其重要。每个人生产出比自己需要的还多的物品，把它们分享给别人，由此，他们受益于彼此生产的物品，证明人类彼此是相互需要的。在社群中，没有协作则人类无法生存。"

皇帝说："哎，大臣，你的话是至理名言，是策略和智慧的精华。但是我在想，人类需要彼此，但他们的宗教和秉性有差异，必然要发生争吵和争执。因为有人强壮一些，有人体弱一些，有人富有，有人贫穷，所以一定是强壮者和富有者欺负弱者和穷人，把他们当作自己欲望的猎物，结果社会必定动荡不定。"

大臣说："陛下！避免这种动荡的有效策略就是让每个人对自己已得到的权利知足，不要涉足别人的权利。这就叫作'政治'，它建立在法律的基础上。'圣训'

对此的解释是'采取折中的方法处理自己的事情'。"

皇帝说："采取折中就没有锋芒。但是我们怎么理解'折中'呢?"

大臣答道："只有真主派遣来的那个完美的生灵才配给以正确的答案。他被称为'天使哲布勒'[①],还有众'信使'[②]。毫无疑问,他[③]的每一个指令或者告诫都有关今世和来世。信使要去另一个世界之前,为了让人们执行自己的宗教教法和政治法规,都会选择一个强有力的统治者[④],为的是能严格维护宗教教法的指令,坚持政治的规则,成为政教合一王国的监督者,因为这两个世界是相辅相成的。"

胡马雍·法尔皇帝又问道："强势的当权者应该是何状? 他为执掌国家和民族的大计应该具备怎样高贵的品质?"

"幸运智囊"大臣说："一位当权者,他必须精通司法细则和政治法规,否则国家就要面临衰败,就会走向

---

①　伊斯兰教著名的四大天使之一,主要负责传达真主的启示,《古兰经》就是通过他传给穆罕默德的。

②　伊斯兰教认为,信使是真主在不同历史时期派遣到不同民族中的众多使者,穆罕默德是安拉派向人间的最后一位使者。

③　指真主。

④　这里指人世间的国王。

灭亡。对于他来说，最重要的是认清大臣的能力和秉性，看他能在朝廷的哪个衙门里胜任。的确，苏丹宫廷中只有少数人出于爱护苏丹的良好愿望和诚意，为效忠王国和维护苏丹的美名，以及为自己来世的解脱而忠心耿耿做事。多数人来朝廷谋职只图名利地位和自我势力，他们的贡献建立在贪婪的基础上，所以有可能看见别人比自己获得的利益更大就心生嫉妒。当妒火在他们心中燃烧时，他们就会情不自禁地在皇帝面前进谗，把不同意见者的真知灼见说成谎言。如果苏丹不谨慎行事，不去调查私访，就会中了他们嫉妒的圈套，王国就会出现各种动荡和骚乱。但是皇帝如果深明大义、智慧超群，他会亲自去暗查私访所有的事情，之后就能很容易分辨出真伪，挽救宗教和王国，会得到今世和来世的荣耀。凡是依靠策略和政治治理国家、采纳智者谏言的皇帝，他的百姓无疑会十分幸福。就如印度伟大的拉艾·达比什里姆，他把婆罗门学者白德巴埃所说的原则作为治国的基础，做了一个真正皇帝应做的事，江山社稷一直在握，没落入旁人之手，他到了另外的世界，也留下美名。"

胡马雍·法尔皇帝听到达比什里姆和白德巴埃的名字，脸上绽开了笑容。他吩咐道："哎，'幸运智囊'大臣！我一直想听听拉艾·达比什里姆和婆罗门白德巴埃的传说。我对很多人提起过，但是无人表示知晓他们的传说。我正在思忖，如果能从谁的口里听说他们的名字，就请他来给我讲讲。托真主的福，我的大臣知道他们的故事，那我干吗还要等呢？尽快地讲来，满足我的心愿，就如送给我礼物一样！向真主保证，我一定听这个故事，学习一些善待百姓、为他们谋福利的好办法。"

楔子（二）
拉艾·达比什里姆和
婆罗门白德巴埃的传说

领了皇帝的旨意，聪明的大臣讲述起来。

"哎，陛下！我听说，印度有一位睿智和爱民的国王。他的王国盛行公正，暴君听见国王的名字浑身发抖，休想为非作歹。幸运总是眷顾于他，人民恪守各种法规，深深爱戴着自己的国王。这个国王名叫拉艾·达比什里姆。他的军队有万头战象和无数敢于牺牲的勇士。他的国库充盈，金银珠宝无数，百姓安居乐业。尽管国家强盛，他还是为人民的福祉操心，竭力消除人民的疾苦。他同众邻国的关系和睦，对任何人都持有一片慈善之心。他的国家边疆太平，固若金汤，朝廷里充盈着许多睿智的朋友和学者，文学诗会常常举行。国王每日悠闲自得，享受着太平盛世的祥和。

一日，他正在宫中举行庆典，歌舞会后他想听些忠告的话语。智者、学者和博学者们以美德和纯洁的秉性为题，畅所欲言，每个人都按照自己的远见和见解讲述了具有启示的桩桩案例。最后，话题停在慷慨施舍上，所有的智者都举双手同意：慷慨是所有美德中最完美和最高尚的。第一位智者说："真主最美的优点之一是慷慨大度，所以被叫作'基瓦德'①。'圣训'里把慷慨施舍称为天堂里的一棵树，它生长在天堂河边。"

拉艾·达比什里姆听了深受触动，心中顿时升起慷慨之心。他吩咐道："打开国库，让权贵和百姓都因本王的仁慈变得富有，让本王的国度没有穷人。"于是国库全天分发财宝与穷人。傍晚时分，国王回到后宫就寝。梦境中，一位红光满面的老者来到他的面前，躬身施礼后说："哎，人啊！你今天把自己的金库为真主分发完毕，为了真主的心愿把财宝全都分发给了穷人。起床后朝着都城的东边走，那里有一个金库在等着你，它如同胡斯鲁·伯勒维兹②拥有的金库一般富有、丰盈。去吧，发掘宝藏，建立功勋，把王国治理得更加繁

① 意为"慷慨的，慈善的"，同时也是真主的九十九个名字之一。

② 胡斯鲁·伯勒维兹，即科斯洛埃斯二世（590—628 年在位），波斯帝国萨珊王朝国王努席尔旺（即科斯洛埃斯一世）的孙子。

荣强盛！"

拉艾·达比什里姆睁开双眼，洗漱完毕，做了祈祷。夜晚的梦境使他惊喜万分。太阳升起，他便下令道："把御马备好，牵过来！"宝马牵来了，他趁良辰吉刻，跨宝马朝着东方疾奔而去。离开人口稠密地区，来到一片荒山野岭，他四处打量了一番。突然，一座高山映入眼帘，定睛细看，那里有一个洞穴，洞口坐着一位托钵僧长老，他完全沉浸在祈祷中。国王情不自禁地被吸引过去。智慧的托钵僧长老察觉了国王的心思，说道："哎，国王！托钵僧的小茅屋无法与国王的王宫媲美。但长久以来国王们一直厚待托钵僧，陛下光临我们的寒舍茅草屋，这更使得国王的伟大熠熠生辉。"

拉艾·达比什里姆听了托钵僧的话，十分欣喜，立即下马来到圣贤面前。他稍坐片刻，然后起身告辞。托钵僧说："请接受本僧的一点礼物！我从家父手上得到一份遗产赠与书，上边写道：洞穴的一个角落里藏着一个巨大的宝藏，里边有金银珠宝无数。我因为一心信奉真主，对此毫不动心。您愿意的话，让自己手下去寻找，把它用在改善人们的生活、提高人们的福祉上吧！"

拉艾·达比什里姆听到这里，对他叙说了夜晚所梦。托钵僧说："这个宝库对于高贵、富有、慷慨的国王来说微不足道。不过，这是真主暗中为您准备的，不要犹豫了，接受它吧！"

拉艾·达比什里姆低头沉思片刻，吩咐仆人道："去洞穴的各个角落挖掘寻找，看看宝库藏在何处！"没过一会儿，人们就发现了宝库，将其挖出来呈现在国王面前。宝库里装满了黄金珠宝的首饰，还有各种各样装有戒指的大箱子和小盒子，上边挂着铁锁。国王吩咐人打开这些宝箱，先是看见各式各样的黄金珠宝，不由得喜上心头。之后，他看见一个箱子，上边挂着罗马①锁，锁的四周被结实地捆着。他们试图打开它，但无能为力，最后叫来技术高超的铁匠，锁才被打开。里面装着一个镶嵌花盒，盒子里还有一个漂亮的且发出熠熠光芒的小盒。国王打开小盒一看，里边露出一块白色的绸缎，上边用叙利亚文书写着一些文字。国王感到十分惊异，便问众大臣："这是什么？"有些说："是宝藏主人的名字吧！"大多说："一定是隐藏宝盒的咒语。"众说纷纭，各执己见。

最后国王说："看不懂这些文字，就不知道它的意思。"

---

①　乌尔都语写为رومی（rūmi），还有"土耳其、拜占庭"的意思。

朝廷里没人能读懂这些文字,他便命众臣寻找懂得奇异文字的学者。功夫不负有心人,最后他们找到了一位学者,带来面见国王。国王十分尊敬地让他坐在自己身旁,说道:"哎,学者!请你前来的目的,就是帮助我们释读这段文字。凡是这里写的,告诉我们它的真实意思吧!"学者拿起绸缎,仔细地看了看绸缎上的文字,然后恭敬地说:"陛下,这段文字十分有意义,实际上是宝藏秘笈。这段文字的意思是:我胡山国王委托拉艾·达比什里姆保存此宝藏。我冥冥之中得知,这宝藏属于这位伟大的国王。所以我在藏匿这些金银珠宝的同时,写下这份遗愿,为的是当他得到这份宝藏时,也会读到我的这些忠告。他应该牢牢记住,迷恋财宝不是智者。因为财富是短暂的,它会逐日减少,或者落入他人囊中,它不忠于任何人。一个有智慧的君主应该执行这个忠告——国王如果不接受我所说的十四个忠告,他的王国根基就不会稳固,国家就会摇摇欲坠。

"第一个忠告:不要听信他人对于自己的心腹的谗言。因为一个人一旦成为国王心腹,便会受到别人的嫉妒。看见他受到王室的恩惠,别人会伺机伤害他,会找各种不利于他的事由栽赃诬陷,甚至采用花言巧语蛊惑国王，直到国王厌恶他为止。

"第二个忠告：不要重用那些惹事生非、煽风点火、搬弄是非的人。因为这些人善于挑拨是非，是最不受欢迎的人。如果看见有谁要制造是非，就尽快用政治之水扑灭，以免他玷污了天空。别让天空漆黑一片。

"第三个忠告：要和朝臣以及贵族们建立紧密的联系，要厚待他们。因为只有真诚伙伴的辅佐和协助，王国之伟业方可能实现预想的目标。

"第四个忠告：不要因敌人的仁慈和阿谀奉承沾沾自喜。不管他对你多么油滑，多么顺服，都不要相信他。永远不要给予敌人任何希望，不要妄想他们会善心大发。

"第五个忠告：对所听到的真言或真理，千万别不在意，要珍藏在心里。不要由于自己的疏忽，而让真理缺席，因为再想获得可不那么容易，后悔药永远买不到。

"第六个忠告：做事不要急躁，不要草率，要谨慎，要稳重。沉稳、从容不迫会得到事半功倍的效果，急躁只能带来很多灾难，沉稳隐含着不可计量的利益。

"第七个忠告：任何情况下都不言放弃。如果一群敌人扑向你，我给你的劝告是：瞅准机会，对他们进行分化瓦解，与其中一位和解，便可脱身，绝不能犹豫，要立即出手。因为按照'战斗是欺骗'的原则，宝剑就可以粉碎敌人的迷魂阵。

"第八个忠告：远离心狠毒辣和嫉妒心强的人，不为其花言巧语和阿谀奉承所迷惑。因为敌意和妒嫉的火苗在谁的心里燃烧，那里就一定会种下伤害和痛苦的种子。

"第九个忠告：保持宽容和谅解，不过多责备部下的过错。因为有胸襟的人都会原谅部下的过错，用仁爱感化对方。即便部下犯下过错，甚至背信弃义，也要仁慈地再给他一次机会，以防他从天上掉到地下，永远在厄运的荒原里游荡。①

"第十个忠告：不要试图伤害任何人，哪怕按照'以恶报恶'的原则，这个人应该受到惩罚。最好用自己恩惠的雨水去滋润他人，按照'施德得德'的原则实现自己的目的。

"第十一个忠告：凡是自己不喜欢做的事，千万不要做。如果一个人违背自己的意愿做事，中途无奈放弃，那就和'乌鸦学天鹅走路，忘记自己是谁'谚语所形容的一样。

---

① 这里暗指灵魂得不到安宁或没有归宿。

"第十二个忠告：学会宽容，懂得忍让。因为宽容和忍让是大爱。

"第十三个忠告：选用可以托付和信任的臣子，不要让不稳当、不可靠的人围绕着自己。因为国王的嫡系心腹和大臣是可以托付的人，他们不仅维护王国的秘密，而且也不会给人民带来痛苦。如果非常不幸，这些人黑了心，不忠不义，那么更不幸的是，国王信任于他们，无辜的人民就要遭殃和毁灭，一定会出现最坏的结局。

"第十四个忠告：遇到暴虐的年代，朝廷变迁，不要紧张，不要失望。因为我们看见，聪明人和有智者常常受苦受难，无能者和漫不经心者却在享乐。每个人都应该相信，没有真主的恩泽，任何人的目的都难以实现；没有真主的恩泽，才智和技能都毫无用处。

"以上十四个忠告，每一个背后都有一个故事。如果拉艾·达比什里姆有意想了解这些故事，那他就必须去先知阿丹降到世间的斯里兰卡山，这些谜底会迎刃而解，拉艾·达比什里姆会达到目的。"

当学者讲述完毕，拉艾·达比什里姆国王恭敬地吻了这段文字，又把有书写文字的绸缎系在臂膀上。之后，他给了学者一些赏赐，打发他回去。他对朝廷大臣们说道："梦中所见的宝库，不是成堆的迪拉姆①或第纳尔②宝库，而是忠告和训诫的无价宝库。这其中的奥秘比黄金、珠宝还要价值连城。朕不缺少世俗世界的财富，朕一定把所有挖掘出来的金银珠宝分给需要的人们，让胡山国王得到好报，朕也可以得到一些恩泽。"

之后，拉艾·达比什里姆把所有的金银珠宝和第纳尔都分发给了需要帮助的人。处理完这些事，他返回王宫，彻夜不眠，思索着如何前往斯里兰卡山，完成自己的心愿。明白、理解了这些忠告之后，国王颁布了一道法令，明确王国的治国必须遵照这个法令办。

次日，太阳升起，拉艾·达比什里姆把自己的贴心大臣和谋略大师一一请进宫，先给他们恩赐，然后说道："本王想昼夜兼程赶去斯里兰卡山，你们觉得怎么样？如何制定这次出行计划为好？你们知道，不管什么事，无论是家事还是国事，没有你们的谏言，本王绝不行动。这件事，本王也要听听你们的谏言，尔后做出定夺。"

众臣双手合十，一致回禀："容我等想想！不假思索，有所欠妥。我等想好了，明日上朝回禀陛下。"

---

① 货币单位，合两个安那。安那是旧时印度货币单位，为 1 卢比的 1/16。
② 伊拉克等阿拉伯国家的货币单位。

拉艾·达比什里姆说："甚好！那就这样吧！"

次日，所有大臣和谋士纷纷上朝。施过御前礼仪后，他们在各自的位置就坐，在得到国王的恩准后，回禀道："陛下，此次旅行意义重大，但是，征途会遇到很多艰难和险阻，完全没有了王宫的舒适和安逸的享受。我们不得不告诉陛下，旅行的险境好似地狱，离开王宫，就等于艰辛的开始。远离王宫将会伴随刻骨铭心的艰难，所以有过此种经历的人认为，最好还是不要离开王宫。陛下，您看，从眼角流出的泪水，会滴入到泥土里，必定会被踩踏在脚下，聪明人不会让艰辛取代幸福，不会有钱去借钱花，不会选择飘荡不定的旅行，要的是舒适稳定的安居。否则就会像那只遇到灾难的鸽子一样，他不听同伴的劝阻去旅行，结果陷入灾难不能自拔。"

拉艾·达比什里姆说："顾问大臣，如果旅行困难重重，却受益无穷，那么渡过旅行考验的大河后，一个人就可以变得高尚和富有远见。你们见过下棋吧，越过六个格子之后，卒子也成为智者。大苏丹如果不迈出自己的国门，岂能得到生存的经验，也不可能了解国中人民的真实生活。苍鹰之所以能得到蹲坐在国王手腕上的尊严，是因为他不蹲守在窝巢里。而人们用鄙视的目光看待乌鸦，是因为他不愿离开荒野郊外。追随虔诚派大师格比尔①的一位贤士对弟子说了句'盛开的花枝,已伸出墙外',就外出游历去了。苍鹰的雏鸟和乌鸦的宝宝放在一起哺育,由于前者在鸟巢里和乌鸦的宝宝长期生活在一起,便没有胆量去长途翱翔,如何能得到与国王亲近的机会。阿拉也说过:'你们应当在大地的各方行走。'②"

拉艾·达比什里姆说完,又一位大臣走上前来,说道:"陛下说了游历的很多好处,的确所言非虚。但是,真主降福祉,我们所有人都过着幸福祥和的生活。依臣之见,陛下放弃舒适安逸的生活,去体验旅行的艰辛,去荒郊野外、戈壁沙滩奔波,是不适之举。"

拉艾·达比什里姆回道:"不畏艰难、敢冒风险是勇者的品格。如果国王不抛弃自己的安逸和舒适,不面对艰难与困苦,他那柔弱善良的人民又怎能在繁荣、祥和安宁的花园里生活呢? 在位当政者不去充满艰辛和痛苦的世界奔波跋涉,那居住在他王国的托钵僧和苦行僧怎会安心入睡呢? 你们应该知道,真主的仆人有两类,一类是统治者,他们面对的是富丽堂皇和权势

---

① 格比尔,生于15世纪,印度教虔诚派导师,又被称为"格比尔达斯"。

② 马坚译:《古兰经》,第二十九卷第六七章。

显贵,另一类是被统治者和百姓,他们需要祥和与安定。这两件事不能同时获得。凡是获得政权的,就得抛弃安逸和舒适;凡是坚持奋斗、不追求享乐的,他不会贪图享乐,他必定会实现初衷。就像花豹一样,通过奋斗和经历艰难困苦,在森林里获得霸主的地位。总之,没有奋斗和奔波,就不可能达到自己的目的。"

最终,拉艾·达比什里姆决定前去斯里兰卡山。他把朝廷事务托付给一位最信任的大臣,带着忠臣和仆人启程,踏上前去斯里兰卡山的征途。他们渡过了几条大河,穿过荒原野岭,到达斯里兰卡。在城里歇息了一两日,消除了旅途的疲劳后,国王带着两三个贴身大臣,出发前去斯里兰卡山。走近时,只见这座山高耸入云,气象万千。山上四处是绿油油的树木,各种娇艳的花朵竞相开放,空气清新,令人心旷神怡。

拉艾·达比什里姆四处走着看着,瞻仰着这神奇的地方。这时,他看见一个漆黑的大洞,它如同眼睛的瞳仁一般漆黑。经过询问得知,这是一位学者的房舍,这位学者名叫白德巴埃,意思是"仁慈的大夫"①,有些

---

① 原文 بيدبا(bidebae)有两个主要意思,即"印度医生"和"学者",故事中只有一处称为医生,后来都称他为学者。

印度的显贵称他为比勒巴埃。他是位智者和讲经者，他的谈吐充满了智慧和渊博的知识，他远离世俗世界过着隐居的生活，白天黑夜都沉浸在祈祷中。

拉艾·达比什里姆来到洞口，一直站在洞外边等待着，得到学者的允许后方才进入洞内。

聪明的学者得到神的启示，揣摩到拉艾·达比什里姆的内心所想，一番寒暄后表示欢迎他的到来。学者的脸上闪烁着神圣和睿智的光亮。拉艾·达比什里姆心里明白，这位就是他要找的婆罗门。国王施过礼走近，婆罗门回过礼后，示意他坐下，并开始询问他有何痛苦。拉艾·达比什里姆把从梦中看见的宝库及后来获得的忠告，以及来斯里兰卡山的梦中托言一一道出。婆罗门微笑着说："你为探求知识承受了一路上的艰辛和困苦，不远万里来到这里，为你的勇气喝彩！"

之后，婆罗门白德巴埃把自己的事搁在一边，全神贯注地研究这段文字。接着，拉艾·达比什里姆对婆罗门白德巴埃讲述胡山国王的每一个遗嘱。婆罗门白德巴埃告诉他所有的相关故事，拉艾·达比什里姆把它们都牢牢记住。这样，这本叫作《卡里莱和笛木乃》的故事里便收集了拉艾·达比什里姆和婆罗门白德巴埃之间的问答，我们把这十四个忠告分为十四个章节记录了下来。

第一章
不吹毛求疵,不搬弄是非

拉艾·达比什里姆对婆罗门白德巴埃说:"第一个忠告是:一个人接近国王,并且受到重用,就会引起幕僚们的嫉妒,成为别人的眼中钉,别人会盯着他,找机会羞辱他。他们会在国王面前谎话连篇,谗害忠良,以达到左右国王的目的。所以国王不应该轻信自私人的假话、真话和有诱惑力的话,需要三思而后行。如果那些事是真实的,就接受,否则就加以拒绝。现在我请求您,说说这个忠告吧!"

婆罗门白德巴埃说:"朝廷的基础建立在这个忠告上。因为如果国王不制止自私主义和机会主义者的行为,那王国的大多数朝廷大臣和王公贵族就会遭到羞辱,其结果会使朝廷受到巨大的损失,就如同虎王和黄牛的故事一样。"拉艾·达比什里姆追问道:"虎王和黄牛的故事是怎么回事儿?"

婆罗门说道:"传说,某国有一位富商,他经验丰富、阅历颇深,荒野、大漠和长河都阻拦不了他,东西方国家他皆游历了一遍。暮年时,他双鬓变白,认为死亡可能随时都会降临。他膝下有三子,可这三个儿子整日不务正业,只顾享乐,误入青春歧途,只想挥霍父亲集聚的财富,既不想做生意,也不想经营手工业品挣些钱。

"商人带着父亲的慈爱耐心地劝说他们,讲到了其中的利害关系,说道:'我的孩子们! 因为你们无需奋斗就得到了财产,不需付出艰辛就得到这么多财富,你们不珍惜它,这是自然的事,不能责怪你们。但是你们得记住,世俗和宗教两个世界的运气取决于财富。世人追寻和希望得到三件东西,一是金钱,也就是多挣钱,这样就可以吃穿不愁,生活富裕;二是地位,也就是得到人们的尊敬和敬仰,这两件事,都需要财富作基础才能获得;第三是阴功,修积后世的功德,也就是死后得到永恒的解脱,在真主面前可以满面春风,这个愿望也需要有合法财富作基础才能获得。显然,这一切愿望都只有通过财富才能获得。没有经过奋斗就得到的财富,人不会珍惜,自然就会随意挥霍。因此,你们必

须抛弃懒惰和贪图享乐,去谋一份职业,而经商是你们可以继承的职业,你们就经商吧!'

"大儿子听了父亲的话后,说道:'父亲,您让我出去赚钱,但这不符合信天命的信条。因为我相信,我命中的口粮是命运早已规定好的,奋斗与否我都会得到。凡是我命中没有的,哪怕我为此付出生命的代价,也毫无用处。我听说有一位长者经常说:"凡是我命中应该得到的口粮,我就是拼命躲避它,它也会紧随我身后;凡是我命中没有的,我为此百般努力,它也不属于我。"我认为这跟我去赚钱或不赚钱没有关系,就像一个国王的两个孩子,有一个不劳而获得到了父亲的财产,另一个未得到这份财产,还失去了自己的王国,到头来一无所获。'

"父亲劝说道:'儿子! 这个世界是物质世界,种什么,就会收获什么,这就是世界的规律。人做了什么,就会得到什么。信赖真主生活比亲自赚钱是好些,但依赖真主只有依赖者一人获利,而赚钱者和经营者不仅挣到很多,还能惠及别人。不要以依赖真主为借口而无所事事,先赚钱,之后坚信真主!'

"第二个儿子说道:'父亲! 我不主张依赖真主,自谋生计无疑是最重要的。但是请告诉我,如果我开始

自谋生计,真主会从自己的宝库里赐给我无数财富,可是我要这么多的财富又有什么用呢?'

"父亲回答道:'儿子!赚钱和聚财容易,但是看管好以及正确使用财富都很不容易!真主把财富给了谁,谁就应该做好两件事。一是以生命看管好它,不让它被浪费或被别人强占,别落在强盗和拦路者手里,因为有财富就会有朋友,不过也会因有财富而引来无数的敌人。二是充分利用资产赚利润,但是不要动资本,要把它保管好。凡是不这样做的人,不消费由资本得来的利润,而是消费本金,他的财富很快就会离他远去。没有进项,只消费,或者消费的比进项还多,他必定会受穷,也会在贫穷中死去。就如没有远见的老鼠成为自己愚蠢和挥霍的牺牲品一样。老鼠在一个农民家的粮库里安了家,但是他不珍惜,不断地挥霍浪费,最后,粮堆没了,老鼠也饿死了。'①

"老商人正在劝说二儿子时,小儿子站起身来,恭敬地说:'父亲,告诉我!如果一个人赚到丰厚的利润,按照您的指示也保管得很好,那如何来花销这些利润呢?'

①　乌尔都语本《天狼星之光》第34页。

"父亲说：'儿子！稳重最好，特别是在钱财的问题上。所以富人应该在赚到很多利润时记住两件事，一是不要挥霍浪费，免于落入尴尬的境地而成为笑柄，因为挥霍是魔鬼的兄弟；二是远离吝啬和贪心，因为吝啬的人在现世和来世两个世界都会声名狼藉和遭人羞辱，不可靠。这就像蓄水池一般，水越灌越多，蓄水池逐渐变宽，水一开始没有往外流出去的地方。但最后，随着水量的增加，蓄水池的四周会被冲出一个个大洞，水沿着洞孔都流了出去。《古兰经》也警告吝啬鬼：他的财产的损失来自毁灭和继承两方面。[①]

"两个儿子听到慈父发自肺腑的劝告，很受触动，他们决定开始谋生。大儿子选择经商，去了遥远的地方。他牵着两头牛，驮着商品物资。这两头牛十分健硕，力大无比。一头牛名叫'休德尔巴'，另一头叫'门德尔巴'。主人照料他们，并亲自喂饲料。但是路途遥远，他们驮着重物，承受艰辛，消瘦了很多。在一处沼泽地，休德尔巴陷进泥潭。人们费了很大的力气把他拖了出来，可他再也没力气往前走了。主人留下一个仆人专心照顾他，嘱咐给他喂好饲料，等他恢复了体

---

① 参考马坚译：《古兰经》第三章第一百八十节。

力,再送回商旅队。

"仆人精心照顾了牛两三天,眼前的荒原让他无心照顾下去,他便把休德尔巴丢弃在那里,自个儿回到商旅队,对主人说:'休德尔巴死了。'门德尔巴听到伙伴死了,也伤心地离开了这个世界。

"现在看看休德尔巴的情况吧!休德尔巴在旷野的新鲜空气里,自由自在地吃着绿油油的青草,逐渐肥硕起来,浑身有了力气。他喜欢这个地方,悠闲地四处吃着青草,哞哞地叫着。这附近住着一头威风凛凛的老虎,所有的飞禽走兽都称他为王,效忠于他。老虎神气十足,不把任何人放在眼里。但是他从没看见过牛,也从没听见过牛的叫声。当休德尔巴哞哞叫的声音传到老虎的耳朵里时,老虎紧张极了,同时又不愿意他手下的这些动物发现自己的畏惧,于是躲进一个地方不再出来。

"两头狡诈的豺狼是虎王的仆人,其中一个叫作'卡里莱',另一个叫作'笛木乃'。这两头豺狼十分伶俐和狡诈,笛木乃比卡里莱更有过之而无不及,他十分贪求荣誉和地位。笛木乃洞察到虎王被某种动物镇住了,因此有一天,他对卡里莱说:'你是怎么看国王的,他为什么近日闭门不出呢?'

"卡里莱回答道：'你管那么多事干吗？你是谁？国家事务与你有何相干？别做傻事了！大家都在他的统治下得到食物，在他的庇护下过着安逸的生活，这就足够了。我们还想要什么？我们不是国王的亲信和知己，我们说的话国王也听不见。再说，打探皇家的秘密又有什么好处呢？你可别像那只倒霉的猴子那样，他干涉木匠的事，最后为此白白丢掉了性命。'

　　"笛木乃说：'我的朋友，接近国王不是为了填饱肚子，食物随处可得，什么东西都能填饱肚子。与国王亲近和成为他的亲信可以让我们得到荣誉和地位，可以清楚知道朋友的善意和对手的流言蜚语。动物只想得到食物，就好比狗有骨头就高兴，猫得到一块饼就心满意足。我看见老虎在抓住兔子后，如果又看见野驴，他就会放弃兔子扑向野驴。地位高的人即便短寿命，聪明人也认为他会长寿，低贱人即便长寿也不会被人关注。'

　　"卡里莱说：'地位和荣耀只属于那些出身高贵和有才智的人，而我们不属于这个阶层。'

　　"笛木乃说：'亲爱的朋友！崇高和尊严从智慧和教养中获得，与出身无关。凡是有智慧和悟性高的人，就会很快摆脱低贱，成为文明高贵的人，而愚笨和迟钝的人会由高层跌到低层。所以长者说："阶层和地位的提升不是轻易而举之事，但是它的堕落却可瞬间发生。"比如一块石头，举起它很费劲、很难，而将它摔到地上只是瞬间之事，稍微晃动一下它就行。就因为如此，有勇气和有意志的人会努力地获得尊严和高位。他们难道没想到"名气就是灾难"的谚语吗？但是，那些把"无名低调就是福"当作自己目标的人，他们将永远过着下层人的生活。总之，我不接近虎王，便一无所获，不成为他的心腹，我绝不甘心。'

"卡里莱问道：'你从哪里得到进入这扇门的钥匙？你想出接近虎王的办法了吗？'

"笛木乃说：'我想趁着虎王惊恐和踌躇的时候，去到他面前，为他出谋划策，使他安静下来。这样，我就会得到他的信任，借此飞黄腾达。'

"卡里莱问道：'你先说说，你如何接近虎王？就是到了他面前，你也不懂皇家的礼节，你又没有在国王手下做过事，即便是学会了，也会忘记。'

"笛木乃说：'聪明人和强健人在做大事时不能有闪失。凡是靠自己本事的人，他会三思而后行，而且会做得很好。最重要的是，当得到财富，也会在适当的时机使用它。就如历史上著名的传说，有一位出身低贱的人吉星高照，得到了王国，他的名气大震，无人不晓。一个世袭的皇帝给他写了一封信，问道："你曾是一个木匠，手艺高超。掌管国家的能力你是向何人学来的呢？"他回答说："给予我王国的，同时也竭尽全力教会了要掌管它的人。"①'

"卡里莱说：'国王不会仅因为技能而把某人看作自己的心腹，而是会中意那些祖辈在皇宫里当过公差和效忠过国王的人。他们的祖辈或父辈曾扶持过国王，国王会把他们纳入到自己的亲信中。这事同你无关，你的祖先、父辈既不是虎王的亲信，又没在他身边服务过，所以很可能你不会得到虎王的垂青。'

"笛木乃说：'凡是那些伺候在国王身边、后来得到晋升的人，也绝不是做了一朝一夕的好事，而是经过慢慢的奋斗后才得到晋升的。我现在也准备好了品尝和承受一切痛苦。我清楚地知道，对于为国王和朝廷做事的人来说，有五件事很重要：首先，要克制住自己的怒火；第二，把自己从欲望的魔鬼恶念中拯救出来；第三，不要让贪欲、贪婪占据自己的心智；第四，把所有的工作放在真诚和稳重的基点上；第五，面对灾难和不幸

---

① 这里指真主。

的事件，要沉着冷静、因势利导。凡是能做到以上几点的人，他一定会成功。'

"卡里莱说：'我认同，你一定会获得在国王左右做事的机会，但是，你怎样成为虎王的亲信呢？你有什么本事在朝廷里得到高地位和显赫的职位呢？'

"笛木乃说：'如果我得到机会接近国王，定要做好五件事。首先，我会真心做好每件事；第二，坚持把自己的谏言和勇气用于效忠国王；第三，对于国王的话要言听计从，他交待的事要做得完美；第四，当一件事开始发生，而且对国家有益，其成功也是无疑的，那么我定会迎合，让国王看见这件事的益处，使国王心情愉悦，也让我因为良好的愿望和策略树立较高的威望；第五，如果国王想做一件事，这件事的结局不会好或者不适宜，会伤害国王的威信，我会用柔和的语气、委婉的话语来劝导他，告诉他这件事的弊端。国王看见我的能力和技能，就会赏识我，让我永远伺候在他跟前，对我言听计从。能力是不会被埋没的，有能力的人不会失去力量和权力。'

"卡里莱说：'我知道，你立志要实现自己的愿望，真主保佑你，你定会心想事成。但是，你要头脑清醒。为国王做差事危险多，就如智者说过的：有三件事，只有傻瓜和蠢人才肯去做。一是成为国王的差役；第二，为了试验毒药真伪而服药下肚；第三，把自己的秘密事告诉女人。聪明人把国王比喻成大山，山里蕴藏着无价的宝藏，但是同时山上还有猛虎、毒蛇和很多害虫。想要爬上这座山或者居住在其中都很难。有些人把国王比喻成河流，河流可以使商人获利无数，但是有时也会让人随着物品沉入河底。'

"笛木乃说：'你说得对，我也知道，国王就如燃烧的火焰，离他太近会有危险。但是你也听说过这句话吧——不入虎穴，焉得虎子！不敢冒险，怎么能升到显赫的职位？没有危险，也没有成功。亲爱的朋友，有三件工作只有有勇气的人可以做，首先是侍奉君王，第二是在大河上旅行，第三是同敌人决斗。我不觉得自己没有勇气。你说，我为什么不能有在国王身边做事的想法呢？'

"卡里莱说：'我不同意你的想法，但是，你已经下定决心，执意这样做，那就让真主保佑你成功吧！'

"笛木乃离开那里，来到国王面前。他恭敬地问好。虎王问朝廷命官：'这位是谁？'

"在场者说：'大王！他是一个长期以来跪倒在陛下门前的大臣的儿子。'

"虎王说：'明白了。那把他叫进来吧！问一下他前来的目的吧！'

"笛木乃说：'大王！我也想像父亲那样为您效力。我等待着大王给我发布命令，我会按照自己的理解去完成。就像很多重要的事务被朝廷重臣完成一样，也可能有一件事是我们这样卑微的人能胜任的，交给我，由我来实施。大多数事情，用矛和箭无法完成，用针和削笔刀则可以。'

"虎王听了笛木乃的话，被他的述说和精明见解所折服，随即确定笛木乃为自己的亲信。说道：'智者可能会埋名一些日子，但是，他的聪明才智总会显露出来，总有升腾的一日。就如火焰，不管灰烬如何想覆盖它，但它总会重新燃起。'

"笛木乃听罢很高兴，他知道自己的魅力感染了虎王。他恭维地说道：'就如国王的其他仆人和大臣一样，在大王遇到问题时，我有责任按照自己的思考和理解前来献言。这样，国王也能很好地理解手下和仆人，能从他们的建言献策中获益，赐给每个人效忠和献言的机会。种子只要还在土里，人们不会去培育和养育它。当它钻出土地，人们才知道这棵植株是要结出果实的，然后才能热心地照看它，享受它的果实。总之这一

切都取决于国王栽培。国王慧眼识才,凡是被国王的慧眼相中的、有才能的人,都会得到栽培,会受益无穷。'

"虎王问道:'如何对聪明人进行栽培呢? 又如何从他们那里得到收益呢?'

"笛木乃答道:'最基本的是,国王不要在意自己手下人的出身,而要看他们的能力如何。那些没有技能的人想靠着父辈的面子,加入到您的心腹队伍里。但您千万不要这样选拔人才,因为人的才干同出身无关,更不取决于老子。看看老鼠吧,他居住在人的家里,但是由于胡作非为,肆意妄为。每个人都想杀死他;鹰隼是野兽,他阴森可怕,但因为是益禽,所以人们喜欢他,愿意饲养他,把他放在自己的手腕上。总之,国王不应该把下属分为三六九等,而应该只选择智者和聪明者;不要选择偷懒耍滑、不明事理的人,而放弃能力卓越和智慧超群者。因为如果在需要智者的职位上安排了一个不明事理的人,就相当于把头巾系在脚上,把裹脚布包在头上一样。'

"笛木乃的话打动了虎王,他对笛木乃甚是喜欢,认可笛木乃为自己的亲信,每日都要听笛木乃嘴里说出的睿智话语。笛木乃也十分称职,表现得有智慧和有见解,很快就受到虎王的赏识,在国家事务中为他出谋划策。一天,看见合适的时机,他对虎王说:'大王独自一人待在一个地方有很长时间了,完全不走出去,不出宫游览和狩猎,这是为什么? 不介意的话,对我说说,然后听听我的意见。'

"虎王本不想在笛木乃面前说出自己畏惧的事,但是就在这时,休德尔巴牛又哞哞叫起来。这声音让虎王惊吓得不能自已,便无奈地说出了自己的秘密。他说:'本王惧怕的正是你听到的这个声音。本王不知道这是谁的声音,从声音的回响和力量看,发出这个声音的动物必然是庞然大物。如果本王估计得对的话,我们恐怕不能在这里再待下去了。'

"笛木乃说:'大王,除了这个声音之外,您还有别的焦虑吗?'

"虎王说:'没有!'

"笛木乃说:'为了这么点小事,大王不应该抛弃祖居。什么声音能使一个人离开自己的祖居? 大王应该像大山一样坚定不移,在狂风和暴雨中纹丝不动。前辈们说过,在高声大语和健硕身材面前,不值得这么紧张。不管芦苇有多粗,一个细棍就足以让它断裂;鹤不管多大,在小鹰隼的爪下也无能为力。如果大王发旨意,我这就去看看,探求真情。'

"虎王觉得笛木乃的话十分有理，便派他去了。笛木乃得到虎王的应允，便朝发出声音的方向走去。没过一会儿他就回来了。他拱手陈述道：'大王听见的声音是一头牛发出的。他在这座森林里四处游荡。现在只需要吃了他，不需要做别的。他的勇气来自嗓门和肚子。'

"虎王问道：'牛有多大的力量？'

"笛木乃说：'牛不仅没有盛气凌人和耀武扬威的本事，他的威风更是无迹可寻。'

"虎王说：'仅从这些并不能得出他怯懦、没有力量的结论。因为你知道，狂风不能伤害小草，但是可以把大树连根拔掉。力量只有同对手较量时才得以展现。'

"笛木乃说：'大王，不要这样看重他！我用智慧了解这一切，并知道他并不是怎样的了不得。如果得到大王的应允，我这就把他带来，让他跪拜在大王的脚下，成为大王的心腹大臣。'

"虎王听罢很高兴，示意把牛叫来。笛木乃来到休德尔巴跟前，毫不客气地径直问道：'你什么时候来到这里的？怎么来的？为什么要待在这里？'

"休德尔巴说了自己的经历。笛木乃听罢说：'虎王是百兽的君主，四面八方的飞禽走兽都臣服于他。

他让我把你带去。虎王说过:"我会原谅他至今没有来到朝廷拜见我的过错。"但是如果你故意找借口拖延不去,那我回去后就立即把这个情况禀报虎王。'

"休德尔巴一听虎王的名字,吓得浑身发抖,说道:'如果你能担保我不发生意外,保证我的生命安全,我可以同你去见虎王。由于你的仁慈,我才有机会在他的朝廷里谋个一官半职。'

"笛木乃做了保证,并使他确信不会出任何事情。

"两人走向虎王。笛木乃先走近虎王,报告休德尔巴到来的消息。过了一会儿,牛来到虎王跟前,施过大礼。虎王问道:'你什么时候来到这里的,来干什么呢?'牛把整件事情又叙述了一遍。虎王说:'那你就在这个地方安心地生活吧!在我的仁慈和皇家恩惠下继续享受生活吧!'

"牛深深地鞠躬,称老虎为王,欣喜地成为了虎王的亲信。虎王也把他纳为自己的心腹大臣,给予他高官厚禄。

"虎王很喜欢休德尔巴的精明和贤能,逐渐提拔黄牛,甚至把他当作自己的重臣。休德尔巴的官衔和地位比朝廷里的其他大臣和贵族还要高,是地位最高的大臣。笛木乃见到虎王给牛高官厚禄,还不断地赏赐牛，却对自己视而不见，不由地心中忌妒起来，忌妒的火焰直往上蹿。他焦躁万分，无法安静下来。一天，他对卡里莱抱怨道：'看看我的无知和做的蠢事吧！我尽一切所能让虎王摆脱了恐惧，把黄牛带去朝见虎王。现在虎王却把牛看作最得力的大臣，他全然不把其他文武大臣放在眼里，对我也是这样。'

"卡里莱回答道：'朋友，这就是自作自受，你这是抡起斧头砍自己的脚，咎由自取。'

"笛木乃说：'现在是错了，但是使用奸计就能扭转局面。因为很多事不是用力量，而是用计谋解决的。'

"卡里莱说：'牛有力量、荣耀、智慧等一切优势，你使用计谋又能把他怎样？'

"笛木乃说：'你说得对，趁着牛因为此事正趾高气扬，无心想到我对他的仇视，我可以利用他的疏忽战胜他。'

"卡里莱说：'如果你能做到不伤害虎王，还可以致牛于死地，那才是万全之策，否则不妥。'

"笛木乃听完这话后便走开了，隐居了几日。之后有一天，他疲惫不堪、满腹心事地来到虎王面前。虎王问道：'有几日没见到你，你去哪里了？怎么如此惆怅呢？到底发生什么事了？'

"笛木乃说：'是的，大王！但是我只能单独同大王讲。'虎王同意。笛木乃首先对虎王进行吹捧和谄媚，接着不断地吹嘘自己的忠诚，又大赞虎王的聪明才智以及通情达理。之后，他神秘地说道：'休德尔巴牛和其他大臣、贵族们开了一个密会。他在会上搬弄是非，对那些人说："我已经领教过虎王的力量和智慧了，他徒有虚名。"大王对他既仁慈又宽厚，这就是他对大王的背叛，真令我十分吃惊！'

"虎王说：'哎，笛木乃，你在说什么呢？想好后再开口！你是从谁那里听到的？又是如何得到这些消息的呢？如果真如你所说，那该怎么办呢？'

"笛木乃说：'大王！必须尽快想法办他，否则就会错失良机。'

"虎王说：'想不到休德尔巴对我如此不忠不义，本王对他一直非常宽厚仁慈。'

"笛木乃说：'大王的那些仁慈使他这样狂妄。卑鄙的家伙对大王的仁慈置若罔闻。'

"虎王说：'那应该怎样处置这么卑鄙无耻的家伙呢？'

"笛木乃说：'不要急于审讯，要冷处理，否则会把他推到敌对一方。采取不温不火的态度比较合适。'

"就这样，笛木乃的谎言达到了目的，虎王相信了。虎王说：'本王现在再也不想见到休德尔巴了。本王这就让人传下话：因为你背叛了本王，所以滚出本王的领土，想去哪里，就走吧！'

　　"虎王的话让笛木乃很害怕，他担心谎言可能被揭穿。如果休德尔巴得知这个消息，就会立即找虎王辩解。于是他对虎王说：'大王，我以为这样做不妥！要是休德尔巴知道了，他会挑起骚乱。您要做的事得悄悄地进行，最好别让他知道。'

　　"虎王说：'不给自己的亲信申诉的机会，就把他同背叛联系在一起，或者听信道听途说，不去调查就给他惩罚，这等于搬起石头砸自己的脚。'

　　"笛木乃说：'还有谁能比大王更有远见卓识和运筹帷幄呢？大王用自己的睿智所想到的，无疑是正确的。如果您下令，我就去休德尔巴那里，探听一下他在想什么，之后再回来禀告大王。'

　　"就这样，他得到虎王的允许后，佯装愁容满面的样子，来到休德尔巴跟前。他先问好，然后就开始油嘴滑舌起来。休德尔巴问道：'好久不见你了，你去哪里了？你没事吧？'

　　"笛木乃说：'虽然我没来见您，但是我心里一直在

惦记着您,从没有忘记您。因为某些原因,我隐居了一段时间。'

"休德尔巴问道:'是什么原因让您隐居了呢?'

"笛木乃说:'伴君如伴虎,危险时刻存在于仆人和当权者之间。仆人不知道什么时候做错事,就会丧失生命。这种情况下,不隐居又能做什么呢?'

"休德尔巴说:'请不要同我绕圈了,快如实说来!有什么事?'

"笛木乃说:'兄弟,智者说过,世界上有这六种不可能:没有骄傲就不可能有财富;没有努力就不可能实现愿望;没有痛苦就不可能得到女人的爱;没有廉耻就不可能不贪婪;没有羞愧就不可能同坏人交往;没有灾难就不可能为国王做事。'

"休德尔巴说:'从你的话语里能隐约猜到,你的痛苦来自虎王。'

"笛木乃说:'我说的这些哲理不关乎我自己,我更关心自己的朋友,而且应该清楚地说,是为你而担心。'

"休德尔巴吓得浑身发抖,说道:'知心朋友,快点告诉我实情!'

"笛木乃说:'我从一个可靠人那里听说,大王说:"休德尔巴牛膘肥体壮,本王不再需要他辅佐左右,要

用他的肉宴请所有的野兽。"你对我很真诚,所以我一听到这话就跑来告诉你。现在,你最好尽快地想出脱身的办法吧!'

"休德尔巴听了笛木乃的话很惊愕,说道:'哎,笛木乃! 我没有欺骗大王呀! 大王为什么要对我这样无情呢? 我不相信。噢,可能是一些搬弄是非的人在大王面前进谗言,蛊惑他。他的朝廷里可不缺少这样奸诈的人。不管怎么说,我相信真主。如果我的命运不背叛我,那敌人的阴谋也不会得逞;如果真主的意愿是这样,那我就无可救药了。'

"笛木乃说:'说得对,但是你自己也不应该束手就擒呀!'

"休德尔巴说:'智慧和办法只有在真主的意志下才可能起作用。在真主的意志面前一切都无能无力。'

"笛木乃说:'那你到底想怎么办呢?'

"休德尔巴说:'现在,除了抵抗,没有别的办法。为了自己的生命和尊严战死,至少死得值得。'

"笛木乃说:'但是,抵抗时绝不要先动手,不要轻视敌人,因为凡是轻视敌人的人,他就得吃败仗和受到羞辱。'

"休德尔巴说:'我如果首先动手,那就等于把叛变

的标志印在自己的额头上；但如果虎王袭击了我，那我定会出手还击。'

"笛木乃说：'你去找大王，留心他的姿态。若他尾巴不断地晃动打地，眼里冒出愤怒的火花，那就是准备袭击你，要结束你的生命。'

"笛木乃哄骗了休德尔巴后，径直来找卡里莱，并把欺骗的伎俩说给他听，十分开心。之后他俩来找虎王，碰巧那时休德尔巴也到了那里。虎王一看见牛就怒吼起来，气愤地把尾巴立在地面上，笛木乃的谎言奏效了。虎王扑向休德尔巴牛。他们搏杀起来，这番厮杀把所有的飞禽野兽吓得四散逃窜，最后休德尔巴牛死于虎王的爪下。

"卡里莱看到这里，对笛木乃说：'哎，无知者！你是否知道自己的悲惨结局？你所做的事有七大害处。第一，你伤害了自己的良心，把自己的良心搁在灾难中；第二，你背叛了自己的主人；第三，你间接地杀死了无辜的黄牛；第四，你毫无原因成为杀死黄牛的罪人；第五，你使朝廷大臣不再相信国王；第六，你杀死了御林军的司令；第七，你暴露了自己的短处。'

"笛木乃说：'如果事情不是以智慧和理智开始，那只能是以疯狂结尾。'

"休德尔巴牛的事件过去了。当虎王冷静下来，他为自己的草率而自责。他在心里想：我对一个忠于自己的仁义君子，没有调查就进行指责，不知事实真假就立即杀了他，我是多么愚蠢呀！

"笛木乃在远处看见虎王忧伤和自责，立即来到他身边，说道：'大王！您为什么满面愁容呢？您战胜了自己的敌人，这是可庆贺的事。'

"虎王说：'每当我想起休德尔巴牛的卓越工作、善解人意和忠诚可靠，就感到难过，心里就痛。事实上，他是我的军队里最善战和最好的司令，我从他身上得到力量。'

"笛木乃说：'这样的叛逆者，忘恩负义和不忠不义的小人，有什么好可惜的。陛下战胜了他，为此应该感谢真主才对。怜悯威胁自己生命的歹徒是错误的，把国王的敌人埋进土里才最明智。'

笛木乃的这番花言巧语使虎王的心暂时得到平静，但是牛的血不会白流。时间替他报了仇。笛木乃在羞辱中被打死，休德尔巴牛的仇终于报了。这真是恶有恶报。"

第二章
对恶人的惩处及其下场

拉艾·达比什里姆说:"我听了奸臣谗害忠臣的故事。那个让自己的良心陷入无情无义、忘恩负义和背信弃义之中的人①,亲手削弱了自己的王国。现在如果您能说说笛木乃的下场,我将十分感激。当笛木乃对虎王施展奸计后,他做了什么弥补?笛木乃为了摆脱骂名和虎王的责难,他怎样巧辩?"

婆罗门学者白德巴埃回答道:"当虎王处理了牛的事件后,他为自己的仓促懊悔起来,他每时每刻都在自责:我为什么要这么仓促决定呢?为什么不把事情往好的地方想呢?他想起了休德尔巴牛的忠诚可靠、善解人意和足智多谋,深深地自责,甚至无法安心处理王

① 这里指虎王。

国的事务。所有的飞禽走兽看见自己的国王这样，也萎靡不振。整个王国上下笼罩着一片死寂。

"一天夜里，虎王对花豹叙说了内心的焦虑和不安，花豹听后深受触动，说：'哎，国王！对自己不擅长的事，过于惦念，就等于想把自己变成疯子。凡有不能做的事，无法解决的事，却时刻为之焦虑，不是睿智之举，结果大王的才能也会因此消失殆尽。休德尔巴牛已经被处决了，现在无论如何弥补也无济于事，反过来还会产生更不好的影响。看见大王难过和郁闷，仆人也会远离您而去。'

"虎王沉思了一会儿说道：'你的话既正确又真诚，但是要我说什么呢？我错怪了休德尔巴牛，对此的补偿只有不安和懊悔。'

"花豹说：'大王，不安和懊悔无济于事，大王最好抛弃哀叹，发布调查休德尔巴牛事件的旨意，揭示真相。经过调查，如果证明休德尔巴牛背叛属实，他的确忘恩负义，那么他是罪有应得；如果有人陷害了他，诬陷了他，对您讲述了完全相反的事实，那么对于这个欺诈您的、颠倒黑白的家伙就要给予最严厉的惩罚。'

"虎王说：'你是我朝廷的大臣，你的建议很中肯，我指派你做这件事，尽可能调查清楚，让我从这焦躁中

摆脱出来。'

"花豹发誓说:'我会在短时间内把事情真相调查出来,呈现给大王,丝毫不掩饰。'

"虎王这下放心了。傍晚时,花豹开始调查。他碰巧路过卡里莱和笛木乃的家,当时卡里莱和笛木乃正在激烈地争论着。花豹本来就对笛木乃有些怀疑,听到争论声便站住了脚。他们争论的声音很大,在屋外都能听见。他往前走了几步,把耳朵贴在墙上,听他们在说什么。卡里莱说:'笛木乃,你做的事太坏了!犯下背信弃义和欺君之罪,还在野生动物和飞禽走兽中挑起骚动。我担心,它的坏影响会落在你头上。你将会面临灭顶之灾。我不准备和你在一起。谢谢你,现在你少来见我吧!'

"笛木乃说:'亲爱的朋友,别离开我,我在休德尔巴牛这件事上的确是做错了。不要再三番五次谴责我,让我侥幸逃过这一难吧!让我安心些!现在我的好运会重新回来,我一定会受到国王的重用。'

"卡里莱说:'你如此背信弃义和道貌岸然,还期望能安心地过日子吗?'

"笛木乃说:'我原来也知道欺骗和背信弃义的坏处,也觉得搬弄是非和自私忌妒不是好事,但是出于对

权力、地位和财富的向往，我才做了这事。嫉妒的火在我全身燃烧，使我分不清是非。现在后悔也没用了。'

"花豹听到这里，完全弄清了事实真相。他径直来到虎王的母亲面前，对她说：'我想对您说个秘密，但有一个条件，请高贵的太后发誓不把这个秘密泄露给任何人。'

"太后发誓后，花豹就把他听到的卡里莱和笛木乃之间的对话讲了出来。太后听罢十分震惊。她第二天依照惯例来见虎王，看见虎王郁闷的样子，便问道：'你怎么了？为何如此心事重重？'

"虎王说：'主要是因为休德尔巴牛被处死之事。我一直不能忘记他的守职效忠和好德行。我越是想忘记他，越是忘不了。'

"太后说：'我告诉你一个秘密，但你必须保证，一定要把那个罪犯绳之以法，绝不原谅。因为如果得知这个罪犯所做的事，又不给他严惩，就会使其他挑拨离间、无事生非的人兴风作浪，使品行不端和伤天害理有了市场。智者说过："惩罚强于原谅。"'

"虎王坚持要太后讲出来。太后说：'制造骚乱、搬弄是非、嚼舌头和卑鄙的人，就是欺骗你的笛木乃。'

"虎王说：'我明白了，请去歇息！让我考虑考虑。'

虎王经过深思熟虑后，下令贵族、大臣和将士进宫，又叫来太后和笛木乃。笛木乃一看这么多人，立即就明白了，心想一定是事情败露了。他悄悄地问身边一位大臣道：'来了这么多人，有什么事吗？国王看上去也忧心忡忡。'

"太后听了他的话，说道：'国王担心你的小命。你的背叛、欺诈、中伤已被揭穿。现在像你这样不忠不义的家伙没有权利再活下去了！'

"笛木乃说：'前人说得真对啊！那就是：为国王当差，必有大难临头。一个人跟国王亲近了，其余的人就会以他为敌。不崇拜真主，而去崇敬真主仆人的结果就是这样。要是我没为国王做事，隐居度日，那该多好啊！'

"在场的大臣和官宦们都为笛木乃的巧言令色而瞠目结舌。虎王低下头沉默不语，不知道该怎么办。在场的有一只野猫，他看见这怪异现象，难以忍受，就对笛木乃说：'你后悔在朝廷里任职，这一点完全错误。公正的国王是阿拉的影子。你难道没听过长者们的忠告吗？那就是：国王为民伸张正义、体恤民情的一分钟，超过某人对真主六十年的祷告和修炼。'

"笛木乃说：'你说得对，国王无疑是真主的影子。

但这仅适于有正义感、奖惩分明的国王。国王最好的品质是尊重善良的仆人，羞辱无情无义和叛变的仆人。'

"太后听了笛木乃的话，厉声说道：'你说得对，这会儿朝廷的人都认为休德尔巴牛曾是国王最具优秀品格、最忠诚的仆人。而你却蛊惑国王，谎话连篇，借刀杀人，使他失去了一个忠诚的大臣。'

"笛木乃说：'大王清楚地知道，我和休德尔巴牛没有任何恩怨。他比我有力量，我似乎无法与他相比，他总是以慈祥仁义的目光看着我。我在大王的朝廷里也是尽忠尽职，随叫随到。我怎么会忌妒他呢？我的确把从休德尔巴牛那里听到的或看见的，原封不动地禀告给大王。我这样做没有什么过错。因为忠心于大王，就应该把休德尔巴牛背叛的真情禀告大王。凡是我诉说的，大王也差人进行了严格的调查，证明我无罪。关键是，现在在场同情休德尔巴牛的人和站在他一边的人，都曾以休德尔巴牛为敌和站在他的反面。他们大概都在想方设法要把我从路上清除出去。遗憾呀！我原先都不知道，我的忠诚和效忠会得到这个下场。'

"笛木乃结束自己的阐述。天色已晚，虎王说：'笛木乃的案子交给法庭吧！让法庭认真地彻查，经过调

查后再作出决定！'

"笛木乃说：'法官和宗教法官权限还能高于国王？大王善解人意和秉公执法。我把一切都说了，我无罪。真金不怕火来炼，我自己想做一番调查。这样，我的清白和忠诚就会得到证明。大王想想，如果我犯罪了，还敢坐在这里侃侃而谈吗？为什么没有逃到别的国度去，还等着陷入窘境呢？'

"太后说：'哎，笛木乃，你的话证明了你的狡诈。你还想用狡诈证明你的清白？无论如何，你现在难逃惩罚！'

"笛木乃说：'我一直效忠大王，这一点大王十分清楚。不忠不义的人不会这么坦然。我如果是罪犯，就不会这么坦然地同您对话。我只想大王不要匆忙对我作出裁决。如果在匆忙中因大王之手而使我遭到不幸，那大王日后定会后悔。如果我有一千条命，我都会为大王献出来，也会将此看成是我的好运。'

"虎王专注地听着笛木乃的陈述。太后发现笛木乃的话打动了虎王，担心虎王放弃调查，便对虎王说：'你的沉默说明你认为笛木乃没有错，其他人都在撒谎。我真不明白，像你这样聪明绝顶、善解人意的国王怎么会没有被真实事件所打动，反倒道听途说，对狡诈

之徒言听计从呢！'

"说完，她便愤愤地走了。

"虎王命令道：'在法院没有调查清楚之前，把笛木乃拘禁起来！'朝廷会议结束后，太后单独去见虎王，说道：'儿子！我一直在听着笛木乃巧舌如簧、天马行空的话，现在我确信无疑，他靠三寸不烂之舌谋生，否则怎能撒出这样的弥天大谎！如果你偏信他的话，他就会逃避惩罚。事实上，他不伏法，不足以平民愤。所以，最好不要给他编造谎言的机会。在没有调查清楚之前，你就不要作出决断！'

"虎王和太后说完话，都回去休息了。这边，笛木乃被关在监狱里。卡里莱心中涌起兄弟之情，去监狱探望他。他看见笛木乃便大哭起来，说道：'我的兄弟，看见你所处的窘境，我简直无法忍受。没有你，生活中哪能有乐趣呢！'

"笛木乃看见兄弟也哭了起来，说道：'与我遭到的痛苦和折磨相比，与你分离才是痛苦。'

"卡里莱说：'哎，笛木乃！原谅我，今天我的话有些刺耳，别怪我说话直率。我一开始就警告过你，告诉你结果不会好。但是你把我的话当成耳旁风，执意坚持，最后就出现了当初我认为的结果。难道我没有暗示你智者的那句箴言吗？把谎言说成真的人，不需等到自然死就得死去。这句话的意思你明白吗？其意思并不是他真的死了，而是他所承受的痛苦和内心的煎熬超过死亡，带来的是生不如死。'

"笛木乃说：'哎，兄弟！你劝导过我，总让我走正路。但是对财富和荣耀的追求，以及贪欲，使我昏了头，智慧消失殆尽。我以为，这个危险的结局就是危险而已，所以我没罢手。现在我是自作自受，不怨任何人，只能把怨气撒在自己身上。'

"卡里莱说：'事已如此！你想出自救的办法了吗？'

"笛木乃说：'现在想不出任何脱身的办法，我就要被行刑了。我们是兄弟和伙伴，可别因为我的事给你带来任何伤害，或让你受到牵连。倘若发生了这样的事，我就得忍受双重的痛苦。此外，我很担心，你过于直率，经不住别人一问，就说出实情来，那我将必死无疑。'

"卡里莱说：'你说对了。我受不了罪，也忍受不了痛苦，我也掩饰不了所知道的罪行，一问便会说出来，因为我不会说谎。所以，我建议你快招认吧！认罪后，至少会摆脱末日的痛苦。如果你确认难从这件事里脱身，必受到惩罚，你至少拯救了自己的另一个世界。'

"笛木乃说:'让我考虑一下再说吧!'卡里莱满腹心事地走了。

"碰巧,就在笛木乃和卡里莱说话间,那里还躺着另一个囚犯。他们说话的声音吵醒了他。他从头至尾听了他们的谈话,都记在心里。第二天清晨,朝会开始。太后把笛木乃的事提出来,说道:'让暴君活着就等于杀戮善良的人;善待坏人,就等于伤害善良的人!'

"听了母亲的话,虎王命令法官道:'快点对笛木乃的案子进行仲裁!'

"法官把所有的朝廷命官和权贵召集进宫,说道:'笛木乃案件现在还需要调查,案情不大白于天下,就不能作出判决!'

"笛木乃看见形势有利于自己,便说:'国家的大人物、俊杰们,我是无辜的。既然我没有任何罪过,那为什么有人还要说我坏话?我向大家保证!如果谁知道我做过什么坏事,那就明明白白地说出来吧!'

"一位参会者说:'哎,笛木乃,你心里的邪恶和卑劣的品行谁都清楚。你的恶习从你的面相里就能看出。'法官问道:'你这话的依据是什么?你有什么根据?'

"他说:'观相人写道:谁的眉毛宽,右眼比左眼

小,他就是忤逆者、叛乱者。谁的鼻子向左边斜,眼总是看地,他就是个惹事生非者和叛逆者。这些特点在笛木乃身上都有。'

"笛木乃说:'真主的旨意不会有错。如果你说的这些标志是检验对与错的标准,那还需要什么证人?法官就无须作出审判而是可以去歇息了。按照这些来评判好人还是坏人,来世得到好报的故事也不会存在,教规的所有命令都毫无用处。就像你说的,我具有这些特征,那我就应该得到比惩罚还严酷的对待,因为是真主把我造成这样派到人世间的。'

"听了笛木乃的辩驳和狡辩,在场者都一言不发。法官说:'把笛木乃押回到监狱里。'随后他把情况禀告虎王。

"又过了一天,太后来到虎王面前,询问昨天审判笛木乃一事。虎王把从法官那里听到的一切讲给太后听。太后听后忧心忡忡,说道:'我不知道怎么办,如果我批评你,有违皇家礼仪,如果我迁就你,又有违母爱。'

"虎王说:'不要这样!您想给我什么忠告,不要犹豫,说出来吧!'

"太后说:'太遗憾了!国王分不清是非,识别不了利弊。笛木乃看见机会还会掀起波澜,到那时就是谋

士也无计可施，宝剑也无法施展！'

"虎王说：'太后且慢，那今天就审判笛木乃的案子吧！'

"国王一声令下，所有的法官来到朝廷，开庭审判笛木乃。所有的达官贵人和百姓也都来了。法官开庭，向参会者询问证据，没有人站出来举证。这时，法官对笛木乃说：'虽然到场者都沉默不语，但在心里都认为你是不忠不义的叛逆者，都希望杀了你。现在我建议你承认自己的罪行，做忏悔，至少可以让你在另一个世界里免遭痛苦。你的最大罪过就是进谗言和陷害忠良，不杀你，不足以泄民愤。此外，这样你也可以解脱牢狱之苦。'

"笛木乃说：'法官只根据传言和揣度，没有任何证据就对某人作出裁决，这样有失公允。因为某些推测是有罪的。您可以怀疑我，您也可以定我有罪，但是我对自己十分了解。仅凭推测，你们就说我是杀害休德尔巴牛的凶手，想定我的罪，但是我怎么能同你们沆瀣一气，对你们的话点头称是呢？法官先生，请不要这样说话。如果您将这一番话作为忠告，那还有很多比这个好百倍的忠告。如果您是为了羞辱我才这样做，那这件事不是法官应该做的。'

"笛木乃说完，又把一份申述书呈送到虎王面前。虎王随后把整个事情说给太后听。太后听后说道：'哎，国王，我对这个案子十分关注，主要是因为该被诅咒的笛木乃早已对你心怀不轨。这个案件结束后，他定会用阴谋和欺骗灭掉你，一定会毁了国王和百姓。他能欺压像休德尔巴牛这样忠于职守、仁义贤能的大臣，其余大臣更不在话下。生性歹毒、恶癖满身的人带来的只会是"恶"。'

　　"太后的话说到了虎王的心里。他对这件事的性质思索了片刻，说道：'告诉我，您是从哪里听到的笛木乃的事？确切的话，我就会有根据惩办笛木乃。'

　　"太后说：'儿子！把信任和告诉我这件事的人说出来不地道呀！秘密也是托付，保护它也是一种好的品德。但是我可以先取得他的允许，之后再告诉你。'

　　"'这样甚好。'虎王说。

　　"太后离开虎王那里回到家，派人把花豹叫来，十分礼貌地让座，说道：'万兽之王虎王对你十分信赖，这毫无疑问。而王国的事务需要依赖你，这一点你也知道。所以你有责任回报国王，以表感谢。'

　　"花豹说：'高贵的太后！我没能好好回报国王的恩赐。他对我真是太仁慈了！我都无以言表。无论国

王有何旨意,履行国王的旨意在所不辞。'

"太后说:'你曾保证过,若是为休德尔巴牛被杀报仇,有什么需要做的事可以由你来做。今天就实现你的承诺吧!你现在就去找国王,把一切你听到的、看见的毫无保留地禀告给国王。现在笛木乃的谎言和欺骗已到了登峰造极的程度,如果国王不杀了他,朝廷里的人都免不了遭受笛木乃的伤害。'

"花豹说:'哎,太后,本来调查这个案件是我的责任,但是直到现在我一直没说出调查的结果,主要是为了让国王陛下自己认识到笛木乃的谎言的危害,之后我再说。如果我事先对国王说破了,而国王并不知晓笛木乃的无耻、欺骗、狡黠和为非作歹,那么他很有可能会怀疑我,认为我公报私仇。现在时机已到,我愿意为国王一刻的安宁献出自己的千条命。'

"花豹和太后一起来到虎王面前,他把听见的卡里莱和笛木乃之间的谈话,一字不漏地全说了出来,还提到了听到这段对话的那个犯人。听见卡里莱和笛木乃之间谈话的那个犯人也被叫了来,以便让他出庭作证。

"法庭上,虎王下令把那个犯人带进来。他来了,把在狱中听到的卡里莱和笛木乃之间的对话全盘托出。人们问他:'你当时为什么没有禀告国王?'

"他说：'一个证人并不足够，我不想没有目的地伤害他人。'

　　"虎王对他的话深信不疑，从这两个证人的证词中得到了笛木乃有罪的证明。

　　"所有的动物异口同声地赞同严惩笛木乃为休德尔巴牛报仇。虎王说：'把他绑了送进大牢，对他实行禁食令！让他生不如死！'

　　"笛木乃由于饥渴死于大牢，因为欺骗和狡诈被关在比地狱还地狱的牢狱里。这就是骗子和叛逆者的下场。"

第三章
帮助朋友的裨益

拉艾·达比什里姆对婆罗门白德巴埃说："我听过朋友之间因为反目、中伤成为仇敌的故事，之后他们又因这个罪责被惩处。真主完完全全地给那些背信弃义和惹是生非者以报应。现在您说说朋友间因友爱和同心协力而得到裨益，因团结和互助而战胜敌人的故事吧！"

婆罗门白德巴埃回答道："哎，时代的胡斯鲁①，请牢牢记住！在智者看来，结交真诚的朋友胜过一切，遇到真朋友是最大的财富，能获得无穷的裨益。在鼎盛与繁荣的年代，志同道合的朋友是事业上的助手；在暴政而衰败的年代，也能在失意时从朋友那里得到帮助和力量。历史上，有很多同舟共济和同甘共苦的友情故事。

---

① 即胡斯鲁·伯勒维兹。

其中,乌鸦、老鼠、鸽子、乌龟和麋鹿的故事就很有趣。"

拉艾问道:"是些什么样的故事呢?"

婆罗门白德巴埃开始讲述故事:"故事是这样的:在克什米尔的郊区,有一个风景如画的地方,那里娇艳的花儿绽开得就像天上璀璨的繁星。在绚丽多彩、香气扑鼻的花儿的映衬下,乌鸦的羽毛也像孔雀的羽毛一样流光溢彩。这个花园里有无数的猎物,吸引了猎人流连忘返,他们在此猎捕飞禽猛兽。

"森林里的一棵大树上住着一只乌鸦。一天,他站在树上四处张望,突然看见一个猎人。猎人肩搭一只袋子,手里拿着一根木棒,匆匆朝着大树走来。乌鸦害怕极了,心想:这个人可别是来猎我的,我最好要十分小心,看看他葫芦里卖的是什么药。于是,他躲在一片树叶下仔细观察。猎人来到树下,铺设好罗网,在上面撒了些谷粒,然后找了一个地方躲藏起来。

"过了一会儿,一群鸽子飞过来。领头鸽叫姆道嘎。他很聪明,整个鸽群都听从他指挥,按他说的去做。饥肠辘辘的鸽子一见到谷粒就着急落下地去吃食。姆道嘎轻声细语地劝说:'别着急,要小心,谷粒的下面可别有罗网。'

"鸽子们回答道:'哎,头儿! 我们饿得实在受不

了,哪里还有心情听您劝告!饥饿会死人的。人为财死,鸟为食亡.'

"姆道嘎明白了,他无法劝阻这群毫无远虑的家伙。他想自个儿飞走了事,但是,命运的天使没有让他这样做,他跟着这群鸽子一起扑飞过去。这群早把谨慎遗忘脑后的鸽子一落下地,就被罗网缠住,动弹不得。猎人高兴地走出藏身处,跑过去就要抓住他们。

"鸽子们看见猎人走过来,便叽叽喳喳叫起来,拼命地扇动翅膀挣扎,试图逃出去。领头鸽姆道嘎说:'朋友们! 你们各自拼命想逃出去,而无视他人挣脱的努力。但是,爱的法则是把朋友的解脱看作头等大事。如果你没有能力用自己的性命去保护朋友,那可以为解脱而和朋友一起展翅飞翔。很可能通过互相协助,大家能够一起获得逃出去的机会.'

"鸽子们按照他的指令一起振翅高飞,直接带着罗网飞走了。猎人在后紧追不舍。乌鸦想:这也许只是巧合,但是,我也就此获得了安全。他还想看看前边发生了什么,于是随之飞了过去。姆道嘎看见猎人紧追在后,不肯放弃,于是,他对其他鸽子说:'朝着人口稠密的地方飞,在树荫底下隐藏起来!'他们成功摆脱了猎人的捕捉,猎人无奈空手而归。乌鸦一直跟着他们,从开始看到最后，真是眼界大开。

"摆脱了猎人，鸽子们询问姆道嘎：'现在该怎么办呢？如何才能从罗网中出来？'姆道嘎说：'没有忠诚朋友的合作，我们想从这个罗网中脱身，几乎不可能。附近住着一只老鼠，他名叫泽利格，是我们的好朋友。有他的帮助和协助，我们就可以逃出去。'附近有一片荒芜的野外，那里就是老鼠的家园。鸽群飞起，顺势而落，姆道嘎在老鼠洞附近喊了起来。泽利格一听见喊声，便钻出洞口，看见朋友的悲惨情景，他不由自主地潸然落泪。

"姆道嘎对他说了整件事情的经过。泽利格老鼠听后便说：'朋友，你们不要沮丧，真主的安排中必定隐藏着有益之处。痛苦和安逸，都是他的仁慈和恩典，只不过人类无法理解，无从知晓罢了。'

"安抚过后，泽利格开始咬网绳。姆道嘎说：'哎，仁慈的朋友，首先把我伙伴身上的网绳咬断，把他们放出去，之后再咬开我身上的网绳！'

"泽利格没在意姆道嘎的话，一直在用利牙咬着网绳。此时，姆道嘎坚持说：'喂，泽利格，如果你想让我高兴，尽朋友之责，那就先把我的朋友给解救出来。对于你的友善与仁慈，我将感恩不尽。'

"老鼠说：'你为何这样坚持，难道你不知道先高兴后痛苦的老话吗？'

"姆道嘎说：'亲爱的朋友，不要责怪我。我是领头鸽，有义务保护他们的性命。作为下属，他们对我有义务；作为首领，我对他们有责任。在他们的帮护和协助下，我也逃出了猎人的魔掌，现在我的责任是在我被救出来之前，先把他们解救出去。一个国王只顾自己享乐，忘记百姓的安危，他的安逸不会持久，而且很快一定会消失。'

"泽利格说：'国王在百姓之中，就像一个人躯体里的生命和心脏。当生命没有了，躯体还有什么用呢？如果心脏有点痛苦，那躯体的安危就处于危险之中。'

"姆道嘎说：'你说的都对，但我担心你把我解救出去以后，就会放弃对我的其他伙伴施救。绅士之风度是要苦难时大家在一起，高兴和自由时也应该在一起。'

"泽利格说：'佩服！只有大德、大善之人方有如此胸怀与气度。由于你的这些优点，其他鸽子才对你深深地爱戴、信赖与感激。'

"总之，泽利格咬断了网绳，首先把其他鸽子放了出来，最后把姆道嘎从罗网中搭救了出来。鸽子们飞走了,老鼠回到了自己的洞里。

"乌鸦被老鼠无私真诚的朋友情义深深打动,他也想和老鼠交朋友。于是,他来到老鼠洞旁边喊他。老鼠问道:'你是谁呀?'

"乌鸦说:'我是乌鸦,我来见你是为了一件重要的事情。'

"老鼠说:'你找我有什么事?我与你有什么关系?'

"乌鸦提起他对鸽子的真诚和帮助,并说道:'我也想和你这样诚实和有气度的人结拜交友。'

"老鼠回答道:'你我之间结拜交友万万不行。'

"乌鸦说:'你别这样狠心!施大恩大德者①不会拒绝任何人的请求。我希望与你结拜交友,请赐给我机会吧!'

"老鼠说:'哎,乌鸦!不要再自欺欺人啦!我对你很了解。我们不是同类,又怎么能结拜交友呢?与非同类结拜,就等于无视自己的生命。我在你那里能得到安全吗?'

"乌鸦说:'哎,泽利格,仔细想想吧!给你痛苦对

———————————

① 这里指真主。

我有什么好处？把你吃了能解决我多长时间的饥饿？相反，与你结交，我会受益匪浅。我从很远的地方来找你，欣赏你的好德性，别让我沮丧地离开。'

"老鼠说：'我和你是天然的宿敌，没有比天敌更大的敌人了。小小敌意通过一些努力便会消除，但天敌关系无法改变。'

"乌鸦说：'我们俩之间的敌意是暂时的，很容易消除。我的心对你没有一点敌意。'

"老鼠说：'人的自然属性无法改变，不会流动的水的气味、滋味和颜色会改变，但是水能灭火的特质任何时候都无法改变。所以智者说，不要被敌人的花言巧语所迷惑，不管他是多么地充满真诚和爱意。'

"乌鸦说：'你的话的确富有智慧！但是只要你不接受我为好友，我就绝食，待在你家门前不走了。'

"老鼠说：'既然你这样执着，那好吧！我同意置自己的性命于不顾与你结拜为友。'说完，他钻出鼠洞，站在那里。乌鸦说：'现在还有什么想不通的吗？你干吗不走到我的面前来呢？你还是不放心吧？'

"老鼠说：'干吗要害怕朋友呢？为朋友牺牲也是交友的条件。但是我担心，你的其他朋友的秉性不会与你一样。如果他们看见了我，想杀我，那可怎么

办呢？'

"乌鸦说：'我和朋友约定，既然他们是我朋友的朋友，那也是我敌人的敌人。'

"老鼠说：'应该是这样，凡是对敌人的朋友和朋友的敌人保持友善的人，就是敌人。如同智者说的那样，朋友有三种，最好的朋友、朋友的朋友和敌人的敌人；同样敌人也有三种，即公开的敌人、朋友的敌人和敌人的朋友。'

"乌鸦说：'我明白你的意思了。感谢真主，我们成为好朋友。我们将很好地关注彼此间的朋友、敌人关系。'从此他们成为挚友，老鼠热情地招待了乌鸦。

"一天，老鼠对乌鸦说：'如果你把孩子也带到这里，那该多好啊！我们可以在一起过着幸福的生活。'

"乌鸦说：'朋友！毫无疑问这里空气清新，不过，这里有个最大的问题是离大路太近。我每时每刻都担心受到来往游客的骚扰。有一个地方比这里更好，那里有一处迷人的泉水和一片大草原。那里空气清新，气象万千。最主要的是那里住着我的一位挚友乌龟。那里吃的用的样样俱全，更没有什么危险。'

"老鼠说：'既然你这样说，那我们俩就去那里度过一生。我要与你生死与共，没有什么比你的友谊和真

诚更可贵,相比之下,我的快乐和幸运又算得了什么!'

"谈妥之后,乌鸦抓住老鼠的尾巴,朝目的地飞去。到达清泉边,乌鸦轻轻把老鼠放下,招呼乌龟。乌龟听见朋友的呼唤声,钻出水面和他拥抱,两个朋友高兴极了。

"乌龟问道:'你这么些日子去哪里了?日子过得怎么样?'

"乌鸦把鸽子陷入猎人的罗网,老鼠出来帮忙的忠义之举讲述了一番。乌龟听后,心悦诚服地接待了老鼠,老鼠也对他的友善和真诚表示感谢。自此他们三个住在了一起。

"有一天,三个朋友在一起谈论各自的往事和经历,突然,一只梅花鹿魂不守舍地跑来。乌鸦在树上四处张望,看是否有猎人在其后追赶,但是没有发现任何追赶之人。乌龟走上前迎接梅花鹿,安慰道:'别紧张!这里没有什么能伤害你。渴了就喝口水,再说说,你怎么了?从哪里来?为什么这么惊慌失措呢?'

"梅花鹿说:'我被一个猎人吓得跑来这里。'

"乌龟说:'不要害怕!你现在和朋友们在一起,这里没有猎人。如果你愿意的话,就长久地住在这里,我们的队伍由三个人变成四个人。如长者说,朋友越多,离灾难就越远。'之后老鼠、乌鸦也加入进来,他们和睦相处,其乐融融。

　　"梅花鹿想,他们都是善良和秉性很好的朋友,去哪里能找到比他们更好的朋友和知心人呢!于是,他高兴地和他们生活在一起,过起无忧无虑的日子。朋友们都劝他说:'不要走出这片草地和清泉。'梅花鹿一直记着朋友的忠告,四个朋友还设立了议事厅,每天聚在一起讲述各自的情况,在聊天中度过一段时光。

　　"一天,乌鸦、老鼠和乌龟齐聚议事厅,唯独梅花鹿没有来。他们感到有些不安。乌鸦说:'我去打听一下情况。'他飞向高处,四处打探。突然,他发现梅花鹿落入了陷阱内。他们三个商量后认定,必须有老鼠的参与,才有可能把梅花鹿从陷阱里解救出来。

　　"在乌鸦的带领下,老鼠到达那里。安慰梅花鹿后,他便开始咬起网绳。乌龟本不想去,不过还是跌跌撞撞地爬了过来。梅花鹿看见他说道:'亲爱的朋友,瞧你做的什么事!如果猎人来了,我会跑掉,乌鸦会飞走,老鼠会钻进洞里,可你怎么办呢?你跑不了,也不能同他搏斗。'

　　"乌龟说:'你说得非常对,但是,请不要太担心!我们马上就把你救出来,我们一块儿回去。'

"就在老鼠咬断绳索,梅花鹿出来之时,猎人赶了过来。梅花鹿跳出陷阱,一个飞跃便无影无踪。乌鸦飞走了,老鼠钻进洞里了,只剩下乌龟。猎人赶到那里,看见绳网被咬得七零八落,十分震惊,而那里只有一只乌龟。他心想,这是谁干的,怎么做到的?临走时,他把乌龟放进袋子里。他怎么会空手而归呢?

"猎人走后,三个朋友聚在一起。当他们知道乌龟被猎人掠走后,很是伤心,因为失去朋友,个个内心无比煎熬。最后,梅花鹿说:'朋友们!我们的哀叹和伤心对于帮助乌龟毫无用处,最好想出解救的办法。这种时候,我回想起前辈们的教诲:四类人会面临四种不同考验,勇敢者的考验在战场之中,受托者忠诚的考验在交易之中,对妻室和子女爱抚、忠诚的考验在贫困之中,甄别朋友的考验在患难之中。'

"老鼠说:'哎,梅花鹿!我想出了一个办法,你看这样是否可行?你佯装腿瘸出现在猎人面前,乌鸦蹲在你背脊上,仿佛等着吃你的尸肉,你佯装马上就要没命的样子。猎人看见你这副样子,就会把袋子放在地上来抓你。等他来到跟前时,你就瘸着腿,慢慢地走远些,他就会去追你。你呢,一边估计猎人的速度,一边继续再往前跑,这期间我就有可能去把乌龟放出来。'

大家一致认为这个主意甚好。

"梅花鹿和乌鸦出现在猎人面前。猎人看见一只梅花鹿一瘸一拐地跟跄过来,背上还有一只乌鸦,视其将死,而啄其眼睛,于是他放下手中的袋子朝着梅花鹿直奔过去。老鼠见此状,立即把袋子咬破,放出乌龟。过了一会儿,猎人疲惫地转身跑回来,看见袋子被咬破,乌龟不见了踪影,他大吃一惊,两眼痴呆。他心想:奇怪了,眼前发生的一切,真是令人难以置信。先是梅花鹿身上的网绳断了,紧接着,他就像要死一样跌跌撞撞出现,乌鸦站在他的背上,啄食他的肉体。最奇怪的是,不知为何袋子上出现一个破洞,乌龟不见了踪影。猎人不禁遐想:难道此地有妖魔出入?想到这里,猎人头顶破袋子和断绳急速逃离了。他告诉其他猎人这里发生的事情,从此,他们再也不敢来这里打猎了。

"从此,四个朋友聚在这个地方,过着幸福的生活,之后他们再也没有遇到过灾难。他们再也不用感到害怕,一直无忧无虑地生活着。"

第四章

严密监视敌人，
不惧怕他们的阴谋诡计

拉艾·达比什里姆对婆罗门白德巴埃说："我听了知心、真诚和诚信朋友的故事，也知道了他们的结局。现在请您再讲讲第四个忠告吧——通过实例证明，永远不要相信敌人的狡诈、谦恭和阿谀奉承，永远不要对敌人寄予希望。"

婆罗门白德巴埃说："实际上，智者不会中敌人的计谋，不会陷入敌人狡诈和欺骗的陷阱，因为敌人永远为了一己之利才展现出仁慈和温柔。智者和明事理的人，要远离敌人的仁慈假象，因为敌人的甜言蜜语里混合着毒液，他见到有机可乘，必会反攻倒算，之后你就别再想失而复得。这里，我想起了乌鸦和猫头鹰的故事。"

拉艾·达比什里姆问道:"那是什么故事?"

婆罗门白德巴埃说:"传说,在中国有一座城市,城边有一座高山,想攀登上这座山极其困难。山上有一棵大树,树上有上千只乌鸦栖居。这些乌鸦的国王叫彼尔沃兹,他统领着所有的乌鸦。

"猫头鹰国和乌鸦国有宿仇。一天夜里,猫头鹰国王谢巴哼格带着庞大的军队偷袭了乌鸦国,打死了数只乌鸦,胜利返回。第二天清晨,彼尔沃兹集结了剩余的乌鸦,要反击猫头鹰。他说道:'你们看见猫头鹰国王的暴行了吧——胆大妄为地突袭我们,打死打伤很多乌鸦后逃之夭夭。他们不仅狂妄自大、不可一世,而且残忍至极。他们攻击我们的家园,窥测我们的家园部署。此次偷袭之胜利让他们胆量倍增,他们还会随时袭击我们,试图把我们统统消灭。所以,我们必须想出拯救自己的办法。'

"彼尔沃兹的话音一落,五位聪慧、机智、多谋且勇敢,并深受拥戴的乌鸦将军,躬身施礼走上前。国王对他们十分信赖,通常所有的事都与他们商量,否则不付诸行动。看见他们走上前,国王很是高兴,对他们大加赏赐,当即说道:'今天检验你们的智慧和谋略的时候到了。快快献言献策吧!凡是你们想到的,快说出来吧！'他们恭敬地施吻足礼后，说道：'尊贵的大王！是什么大事让大王如此伤脑筋？微臣遵从大王谕旨，凡大王之所想，只要大王下谕旨，我等当即执行。'

"国王面向其中一位将军，发问：'你有何高见？有什么办法拯救我们自己？'

"将军说：'从前，有一智者说过："在没有力量与强大的敌人斗争时，那就应该远走高飞。因为这种情况下的战争十分危险，就如同在洪水流经之地加盖房子。"'

"国王又问另一位将军：'你有何高见？能给出什么好的建议？'

"他回答说：'哎，大王！我不同意弃家逃离，丢失自己古老的尊严去背井离乡。弃家逃跑不是智者的建议。这样做既没有尊严，也没有廉耻。我们应该为自己的尊严和名誉而战。保卫家园之战胜利了，我们赢得荣誉；如果失败了，也不至于被老百姓辱骂。我建议，在容易遭到敌人袭击的地段加强岗哨。只要敌人胆敢袭击，我们就坚决、勇敢地回击，直到取得最后的胜利！'

"国王又把目光转向第三位将军，询问道：'你有何高见？'

"他说：'我拟派人打入敌人内部，打探敌人是否同意议和。即便让使臣送上重礼，只要能实现讲和，那我们也应该同意。大多数国王都不主张同另一部族对抗，因为战争会伤及王国和百姓。赠送重礼，甚至是金钱，只要能消除对抗，这就是上策。'

"国王又转向第四位将军，问道：'你也提点建议吧！想说什么就说吧！'

"将军说：'哎，国王！我觉得比起抛弃家园、过游荡的生活，失去尊严才是最痛苦的。我们对敌人越是谦恭，他们就越嚣张。最好是勇敢地同他们战斗，把他们彻底消灭。对敌人退让须建立在对我们有利的基础上，猫头鹰绝不会因为一点礼品就接受讲和，相反会更加嚣张，所以要么保持沉默，要么应对战争！'

"最后，国王对第五位名叫卡尔·谢纳斯的将军说：'我完全相信你的智慧，快说说你的解决办法吧！说吧，是议和，是战争，还是放弃家园？最后我们的选择是什么？'

"卡尔·谢纳斯回答道：'从实力和阵势上看，猫头鹰比我们强大，而且他们个个十分勇猛。所以，我们应该考虑同他们进行另外形式的战争。如果国王要想听取我的看法，我随时恭候。此事非同小可，须和国王单

独面谈。'

"说到此，当场有人说道：'哎，卡尔·谢纳斯！商议的意思就是几个人一起交流，谁的意见正确，就采用谁的。前人说过："商量事要同众人在一起，智者和有谋略的人聚在一起作出决定，其结果也一定会好。"你怎么会提出单独面见国王呢？'

"卡尔·谢纳斯说：'不是每个人都值得信任，也不是任何人都适合为王国谋事、向国王陈言献策。常言道："国事对顾问大臣不保密。"你怎么知道这里有没有间谍？如果探子听见了，就会立即通报敌人，那所有的策略就会付之东流。所以说，不严守秘密的人，到最后就会承受痛苦。'

"国王彼尔沃兹说：'你说得很对，我完全相信你的智慧和见解。'随后，他命令顾问大臣单独觐见。进入密室后，国王问道：'先告诉我，猫头鹰和我们之间的宿仇是怎么形成的？'

"卡尔·谢纳斯说：'很久以前，有一只乌鸦头领极力反对猫头鹰做飞禽的首领。这件事在所有猫头鹰的心里点燃了仇恨的火焰，他们想对我们发动战争。'

"国王彼尔沃兹说：'从与你的密谈中，我知道了事实的真相。但是，你现在告诉我，我们怎样才能摆脱猫

头鹰的威胁？对此,你有何对策?'

"卡尔·谢纳斯叩谢了国王,说道:'大王,大臣们提出的战争、讲和、抛弃家园和呈送重礼,我都不赞同。世界上有很多事情只有施展计谋才能实现,所以我的意见是运用智谋。因为只有施展计谋,我们方能对付如此强大的敌人。'

"彼尔沃兹问道:'你想到了何种对策?'

"卡尔·谢纳斯说:'我愿为拯救王国,牺牲自己的性命。大王,请您当庭勃然大怒,命令朝廷的卫士们当众拔掉我的羽毛,把我折磨得半死,再将我扔进猫头鹰的巢穴里。随后,您率领军队和众臣民离开那里,找一个合适的地方安营扎寨,等我的消息。接下来的时间,我会对他们施展苦肉计,发生什么情况,我会及时禀报。'

"国王决定执行他的谋略。一走出密室,国王便吩咐朝廷卫士们:'把卡尔·谢纳斯这个混蛋的羽毛都拔掉,从树上扔下去!'

"随后,国王率领着军队和臣民离开,来到最初他们筑巢的地方。

"夜半时分,猫头鹰国王谢巴哼格想到,我们对乌鸦的栖息地已经了如指掌,那里的很多乌鸦伤痕累累,濒临死亡,干吗不趁热打铁,再进行一次突袭,这样就可以把他们彻底消灭。于是，他带着军队突然来到乌鸦的栖息地。此时，这里一片寂静。猫头鹰十分诧异，不知道为何不见一只乌鸦，他吃惊地四处寻找。这时，卡尔·谢纳斯正躺在树下抽搐、呻吟着。一只猫头鹰听见他的呻吟声，立即跑去向国王禀报。谢巴哼格得到消息，带着几个头领赶了过来，问卡尔·谢纳斯：'你是谁？怎么这个样子？'

"卡尔·谢纳斯禀告了自己的名字和父姓，并继续说道：'我曾是彼尔沃兹国王宫廷里的大臣。'谢巴哼格说：'我经常听到有人提到你的名字。现在说说，乌鸦都跑哪儿去了？'

"他回答说：'你们所问之事，只消看看我的情形就能略猜出一二。我对乌鸦已经失去信心！'

"谢巴哼格继续问道：'你是彼尔沃兹国王宫廷里的大臣，他怎么会把背叛的臭名安在你头上呢？'

"卡尔·谢纳斯回答说：'我的国王怀疑我，我这副样子是仇人煽动、嫁祸造成的。'

"谢巴哼格问道：'你因何事遭到怀疑？'

"'在遭到您的突袭后，彼尔沃兹招集所有大臣，要我们出谋划策。他问我："我们如何才能躲过这场灾难？"我告诉他："我们没有力量对付猫头鹰，因为他们的实力比我们强大,士气比我们高。所以比较合适的做法是:我们派遣自己的使节进行议和,如果敌人同意议和,那我们就送上重礼和赔款;如果他们要战争,那我们抛弃家园赶快逃跑。"国王一听就火冒三丈,恼羞成怒地说:"你这是在赞美敌人! 好像我惧怕猫头鹰的国王! 你认为在他面前我什么也不是吗?"我尽力地劝他,但是国王的愤怒并没有消失。接下来我的下场,您也看见了。从那些乌鸦的恼怒中可以看出,他们已经开始准备发动战争了。'

"谢巴哼格听后,对着一位大臣发问:'如何对待这只乌鸦?'

"大臣回道:'这还有什么好想的呢? 尽快把他从世界上除掉!'

"卡尔·谢纳斯心里十分紧张,哭了起来。他的哭声打动了谢巴哼格,他又问另一位大臣:'你想如何处置?'

"大臣说:'我赞成不杀死他,因为仁慈的人总是同情弱者和无奈的敌人。赐他不死与原谅,方能显出您的伟大。'

"谢巴哼格又转向第三位大臣:'你的决定是什么?'

"第三位大臣说:'大王!饶他不死,投入奴隶群里,也好让他感恩戴德,回报我们。他可以提出好的谏言,让我们受益。之后,让他回到敌人中制造分裂和内讧,让他们内部争斗,我们可以从中获益。'

"第三位大臣的话音一落,第一位大臣气势汹汹地说:'怎么感觉那个乌鸦在你身上施了魔法?睁眼看看,不要再沉迷不醒了,好好听听吧!如果不尽快惩处他,我们就得承受巨大的损失。上敌人的当和被他们的狡诈和阿谀奉承所迷惑,一定会遭受巨大损失。忘记宿敌,而同敌人苟合,这可不是什么明智之举。敌人就是敌人,无论他以什么面目出现!'

"乌鸦听到此言,十分谦恭地说:'朋友!你为什么把我想得这么坏呢?我本来就遭受了命运的伤害,难道有人会为了欺诈而把自己整得这般凄惨?我的生命就要结束,我就要离开这个世界,你却把它看成是借口。谁会为了别人的利益丢掉自己的性命和幸福呢?'

"第一位大臣回答说:'我非常了解你,你所做的一切都是为了报复而使的奸计。为了消灭敌人,自愿献出自己的性命的例子很多呀!这样可以在人民心中留下一个善良、效忠国家的永垂不朽的名声!'

"谢巴哼格国王听了大臣的话,心中有些不悦,说

道：'不去帮助一个无助的人，而是趁火打劫，这不人道也不仗义。把一个将死的人打死，也不是什么好汉之举。'

"接下来，国王下令：'把这只乌鸦体面地带走，好好地伺候，给他疗伤治病。'

"见国王这般仁慈，第一位大臣又一次说道：'大王！我的善意谏言，您不准备采纳，那也就罢了。但是，至少应该清楚他是敌人，可别忽视他的奸诈。他来到这里，蒙住了我们的双眼，让我们看不到敌人的优势。'

"国王对他的规劝毫不在意，反而把乌鸦视为自己的心腹。

"乌鸦在行使权力和表现忠诚方面一点也不逊色，他时时刻刻忠心伺候国王。他还以自己的道德信条和说教把谢巴哼格国王的好朋友和大臣都拉拢到自己身边。他在朝廷里的威望越来越高，甚至成了国王的左膀右臂。

"有一天，趁上朝之际，他对国王说：'乌鸦国王把我这个无辜的人看成有罪之人，对我施暴。我不报此仇，誓不罢休！'

"第一位大臣也在场，他提醒国王：'可别相信这个骗子的话,这一切都是表面现象,任何人的本质都不可改变。把魔鬼放在天堂的圣泉里冲洗一遍,他依旧是魔鬼,他那污秽的心不会改变。乌鸦披上孔雀的羽毛,或穿上永生鸟①的外衣,依然是只乌鸦。他还是喜欢与乌鸦为伍,在乌鸦群里心情愉悦。'

"这次,国王谢巴哼格不但没有在意他的话,反而推测是他的嫉妒心在作怪。

"一天,卡尔·谢纳斯得到机会偷偷回到乌鸦国。国王看见他很高兴,问道:'一切都顺利吧?事情进展到什么程度了?'

"'策划的事都已完成。现在您做好准备吧,报仇的时间到了。'

"国王彼尔沃兹说:'详细说说,我可按照你所说的去做。'

"卡尔·谢纳斯说:'在一座山上有个山洞,白天,那里聚集着很多猫头鹰。这个洞的附近堆积了很多干树枝。请大王命令乌鸦们把干树枝悄悄放在洞口前。我则从牧羊人家里——因为他的家就在附近——拿火

———————

① 埃及神话中的长生鸟,相传雌鸟每五百年自行焚死,然后由灰烬中再生。

把点燃干树枝,这时大王再命令乌鸦们挥动翅膀把火搧大。接下来,我们的目的就可以实现。想飞出山洞的猫头鹰,会被烧成灰烬,没飞出来的,也会在灰烬中死去。'

"国王彼尔沃兹觉得这个计谋很好,照样部署下去。结果他们消灭了所有的猫头鹰,乌鸦大获全胜,高呼着口号返回了家园。国王和所有人民都感恩卡尔·谢纳斯,奉他为朝廷座上之宾,国王还赐给他皇家的礼物、官袍和称号。

"一天,国王彼尔沃兹问卡尔·谢纳斯:'以你的亲身体验,说说猫头鹰的智力和远见吧!'

"卡尔·谢纳斯说:'我并没发现他们中间有聪慧、高明之人,除了那位要置我于死地的大臣。那些蠢家伙没有采纳他的建议,认为他的建议微不足道,他们得到了教训。我在他们之中只是一个陌生人,那些蠢家伙却对我很信任,他们不认为我是他们的敌人。所以智者说:"相信敌人的哀叹、奉承、狡诈和恭维的话不是智者所为。"'

"一只乌鸦尽管渺小、孱弱,但他仅利用计谋就消灭了强大的敌人。能看出这一切都是由猫头鹰的无知造成的,如果他们动动脑筋,乌鸦绝不会得逞。聪明人应该通过这件事获得教训和前车之鉴。应该知道，敌人永远不可信，不管他们的话语多么地谦和、恭维和谄媚。永远不要疏忽敌人的阴谋和奸诈，越是虚弱渺小的敌人，越不应该轻视。

"从这件事中得到的启示是：勇猛不能达到的事，计谋和智慧可以做到。而最大的启示是：热情的朋友和忠实的助手，才是世上最珍贵的。"

第五章
得到的东西因疏忽而丧失

拉艾·达比什里姆对婆罗门学者白德巴埃说:"在不要上当、不受欺骗方面,你的建设性建议我都记住了。现在托您的福,请讲讲一个人得到某物后,又因疏忽而造成损失的故事吧!"

婆罗门白德巴埃说:"哎,国王! 获得某种东西比保护它更容易。有很多人因为运气好或者受到真主的眷顾,获得一些宝物,但是保管好它们并不是每个人都能做到的,因此需要聪明的智慧和正确的策略。缺少远见卓识和智慧的人,会很容易失去那些宝物,结果只能遭人耻笑,留给自己的是失望和遗憾。就如乌龟的故事一样,乌龟毫不费力地得到猴族的一个颇具爱心和富有同情心的朋友。但是,他不懂得珍惜,在无知和无意中失去了这位朋友,之后一生与他失之交臂。"

拉艾·达比什里姆问道:"是什么故事?"

婆罗门学者讲起来:"在著名的绿海①上有一座小岛,那里住着很多猴子,猴王名叫卡尔·铠,远近闻名。这个王国生机勃勃、秩序井然、公平公正,人民过着安定、祥和、美满的生活,任何人都没有痛苦。在公正和睿智君王的庇护下,每个人都心满意足,他们感谢真主的恩赐。

"时间过得很快,国王到了暮年,体力不支,视力模糊,头脑迟钝,在掌管王朝事务时感到力不从心,时常出现纰漏。他的病痛和衰老很快传开。皇亲中有一个勇敢且能力非凡的年轻人,他的能力、勇气和智慧赢得百姓、贵族和大臣们的认可。人们一致同意让老国王把权力交给这个新的国王,于是王国的大权旁落。

"可怜的卡尔·铠沮丧地来到一座孤岛上。那里有一座花园,里边长满了各种各样的果树,他在那里专心祈祷。一天,他在一棵无花果树上摘着果实,突然一颗果实从手中滑落,掉进水里。无花果掉进水里产生的声音悦耳动听,于是,他隔一会儿就摘一颗无花果扔进水里。

"碰巧一只乌龟游到这座岛上,就在这棵树下安

---

① 绿海,指位于沙特和伊朗之间的阿拉伯海,是印度洋的一部分。古代阿拉伯旅行家称其为"绿海"。

家。猴子卡尔·铠摘着果实不断地扔进水里，乌龟就不断地捡起来吃进肚里，他以为是猴子特意为自己扔下来的无花果。突然，他的脑海里产生了一个想法：我们不是好朋友，他都对我这样好，如果成为好朋友，他对我将何等仁慈和友善呢？他是多么淳朴和高尚，应该同这样的人结交。

"想到这里，他游到猴子身边，提出要与他交朋友。猴子高兴地表示同意，并说道：'大家生活在一起，成为好朋友的确是好事。'

"乌龟说：'我渴望有好朋友，但是不知道我是否有交友的能力。'

"猴子说：'学者确定了交友的标准：如果说没有朋友不是件好事的话，那么同所有人都交朋友也不见得是好事。但是，同如下三种人中任何一种人交朋友都是必要的。首先，同禁欲者和学者交往可以得到今世和来世两个世界的鸿福；第二，同对朋友的缺点既不揭露又不熟视无睹，并给以劝告的好德行的人结交是必要的；第三，同无私、不贪婪的人交友，他们的友谊是建立在真实和诚挚的基础上的。同时，有必要、有义务避免与如下三种人交友：首先是不同品行不端、行为不轨的人交友，因为他们总是沉溺在私欲中，同这样的人交友,不仅在这个世界,就是到了另一个世界都得不到安宁;第二,不同骗子和撒谎者交友,因为同他们相处只能陷入灾难和遭受痛苦;第三,不同蠢人和无知者交友,因为同他们交友,无论是好事还是坏事都不可信。'

"听了猴子的这些至理名言,乌龟和他走得更近了,两人成为知己好友。他们和睦地住在一起,抚平了卡尔·铠失去王位的郁闷,乌龟也忘记了自己的妻儿。就这样,他们在一起度过了很长时间。雌龟多日不见丈夫,就像鱼儿没了水一样焦躁不安,实在难以熬下去,便对另一只雌龟说:'我的丈夫出去游玩,多日不见回来,没有一点音信,恐怕他遇到了什么不测。'女友说:'姊妹!别介意我说的不好听,让我来告诉你实情吧!'

"雌龟说:'我哪里会介意呢?你的真诚、对我的友爱早已经受过考验,我怎么会怀疑你有什么恶意呢?'在得到这样的回答后,女友说:'你的丈夫同一只猴子住在一起,他们很要好,所以他把你忘记了。'

"雌龟听到这里火冒三丈,控制不住地哀嚎起来。这时,另一只雌龟说:'该发生的都发生了,现在痛苦又有何用? 最好想出个办法来! 在我看来,不想出点计谋,你丈夫难以归来。'

"两只雌龟经过商量,一致认为:不杀了猴子,雄龟就不会回心转意。雌龟的女友说:'我建议你假装生病,然后,把你生病的消息传到你老公那里。'这一招果然奏效。雄龟很快得到了雌龟生病的消息:'你老婆病了,你至少应该回来见她最后一面。'

　　"雄龟听到这个消息,立即告别猴子,踏上回家的路。到了家,他先受到亲朋好友的迎接。在同大家相见后,他赶到妻子身边。雌龟躺卧在床,雄龟询问情况,妻子一声不吭。他立即问妻子的女友:'这是怎么回事儿? 她不搭理我,也不说话。'女友叹了一口气说:'这会儿就别说医治了,这病是治不好的。当病人对自己的病失去信心,事情就很难办,我们又能做什么呢?'

　　"雄龟听后十分紧张,焦急地说:'世上什么药没有? 一定能够在世界的某个地方找到医治她的药。我去找,哪怕为此献出生命! 快告诉我! 在河流里或是在大山中,我愿去任何地方寻找。'

　　"女友说:'你妻子的病是妇科病。子宫那里出了毛病,只有用猴子的心脏可以治。'雄龟听后懵了,他说:'这真是无法完成的事,上哪里去找猴子的心脏呢?'

　　"女友说:'我也想到了,要找到这剂药非常艰难,你是弄不来的。现在把你叫回来,就是让你们见最后一面。你可以在自己的妻子、可爱的妻子面前告别了。'

"雄龟悲痛至极,不知如何是好。最后,妻子的爱打动了他,他决意欺骗自己的朋友猴子。他想:不把猴子带回家,就不可能治好妻子的病。于是,他想好了一计,来找猴子。

　　"猴子卡尔·铠看见他回来很高兴,同他拥抱,并询问他妻儿的情况。雄龟说:'离开你,我片刻不宁,时刻受着折磨,日子难熬极了,所以我回来了。我想带你一起去那里,我的妻子儿女会因你的到来感到欣慰和高兴,我们住在一起吧!'

　　"猴子说:'别客气了! 好朋友不要客气,款待只会是客气加客气。我们的友谊在心里,是极其珍贵的。'

　　"雄龟说:'亲爱的朋友! 把你从这里带走不是为了款待你,而是为了住在一起,因为我不想与你分离片刻。'

　　"猴子说:'好朋友不在乎远近,只要我们的两颗心贴在一起,不管多远,我们都犹如在一起。'

　　"雄龟见达不到目的,就开始恳求他。最后,猴子在他的一再坚持下,同意跟他走。但是,猴子说:'去你家的路上有条河,我无法渡过。'雄龟说:'你别担心,我可以把你驮在背上。'最后,雄龟驮着猴子上路了。来到河中心时,他的良心开始受到谴责,他心想:我中了这个无知女人的奸计,失去一位真诚的好朋友,这样做有背于理智和仁义。

"想着，想着，雄龟的动作变得有些迟缓。猴子疑惑，立即问道：'你为何如此心事重重呢？有何思虑？或许是我的体重让你无法承受？'雄龟说：'你说什么呢？我没有感到你有多重呀！'猴子说：'那为什么不吐出你心中所虑呢？也许是我不配听你的秘密吧？从你忧愁的脸上就能看出你心事重重。如果你把自己内心所想说出来，或许我还可以替你想办法，帮你解除忧愁。'

"雄龟说：'我担心你到了我家，我的妻子因重病而无法招待你，那我会没面子的。'猴子安慰他说：'我们的友谊是超越客套的，款待和客套只发生在陌生人之间，不会在好朋友之间。'

"雄龟游了一会儿，心里又想：我怎么这么愚蠢和不地道，女人哪有忠诚之言，她们哪里懂得信任和忠诚呢？我上了她们的当，跟她们一起不忠不义，跟她们一起欺骗和暗算朋友，这对我来说是多么的暴虐呀！

"他就这样游游停停，一路沉思，心神不定。这引起猴子的怀疑，他想：当我心里对朋友产生疑惑，就应该尽量搞清楚。如果的确事出有因，就要想办法去解决。如果我的怀疑有误，那就没事。但是，总应该谨慎一点才好。

"他对乌龟说：'朋友！你看上去有心事呀！'

"雄龟说：'对不起，兄弟！妻子身体有恙，孩子也让我操心，折磨得我有点心神不定。'

"猴子说：'怪不得呀！原来是妻子的身体欠安让你焦虑。智者说过："照顾病者比自己生病还难。"能不能说说，你妻子生的什么病呀？用什么药方可治？每种病都有药方，你干吗要犯愁呢？应该找好的医生看看。等医生开出药方，再想办法找到药，应该没有多大问题吧！'

"雄龟说：'医生给了药方，不过这药不容易得到。'

"猴子说：'说给我听听，究竟是什么药？在药房里买不到，说不定我可以帮你找到。'

"雄龟憨厚地说：'那个难以得到的药就是猴子的心脏。'

"听到这里，猴子吓得半死。顿时，他眼前一片漆黑，心脏也如火烧一样。但是，他还算机灵，马上就让自己冷静了下来。他在心里盘算：如果不好好应对，就会没了性命。即使我想跑，现在也跑不掉，会掉在河里淹死。但是如果到了雄龟的家里，就更没有办法脱身了。于是，他假装满不在乎地说：'我知道你妻子的病了，我们这里的女人也得过这种病。我们常用心脏给女人治病，治好她们的病，我们也没有什么损失。对我来说，把心脏掏出来，再把它放回去，不是什么大事，我没有心脏也能活。但是，你走前为什么不告诉我？我要是把心脏带着,到了你们家,你妻子的病马上就可以治好。现在怎么办呢? 我把心脏放在家里了。我们猴群有一个习惯,去朋友家,不带着心脏去的。这样做的好处是,朋友相见时只有愉悦的体验,而不会有伤愁的干扰,因为心是忧愁之源呀! 这样吧,你把我送回去,我去拿上心脏。'

"雄龟立即把猴子送回到河边。一来到河边,猴子一跃跳上树干,心里感谢真主。雄龟在那里等了一会儿,随后大喊道:'你在干什么? 朋友,快点来呀! 都什么时候了!'

"猴子笑着说道:'我的一生跌宕起伏,经历了最黑暗的岁月,但我不缺少经验。现在,你不要再在我身上打主意了,今后也休想同任何好人结交朋友。我的年龄还没有让我变得那么幼稚和愚蠢,分不清好坏。我看到了你的友谊和仁爱,你今后不要再想同任何人交友了!'

"雄龟十分紧张,哭丧着脸说:'你把我看得这样坏吗? 真主可以证明,我心里对你可没有半点歹意。'

"猴子说:'走吧! 不要再自圆其说了。可怜可怜我吧!'

"雄龟羞愧难当,只好转身往回走,他一生为失去这样的好朋友而懊悔。

"从这个故事得到的启示是:得到好朋友、好物品,如果因为疏忽又失去了,那就会永远陷入自责。"

第六章
冲动带来的危害

拉艾·达比什里姆对婆罗门白德巴埃说:"这个故事让我很受教育。现在您再说说冲动带来的危害,以及冷静、耐心和忍耐的益处吧!"

婆罗门白德巴埃为国王祈福后说:"大王! 凡是做事不耐心、不冷静的人,就会面对懊恼和悔恨的结局。真主赋予人类最好的秉性就是冷静和耐心。忍耐、承受是智慧的宝库,冲动的人是魔鬼的躯体。如果把'耐心'倒过来读,它的意思是'盐',忍耐具有食用盐的所有特性。

"真主在称赞钟爱的使者穆罕默德的忍耐力时,也赐予使者(愿真主赐他平安)易卜拉欣①'忍耐'的称号。

---

① 使者易卜拉欣被认为是"安拉的至交",曾建麦加克尔白圣殿。

智者从不冲动做事,因为只有魔鬼做事才冲动。很多书中都记述了这方面的故事,其中有一则故事是有关一位修行者的,他在冲动中无故杀死了一只黄鼬。"

拉艾·达比什里姆问道:"究竟怎么回事儿?"

"传说,在某国有一位修行者,经过长时间的禁欲生活后想结婚了。他想恪守'圣训'中'你结婚,生孩子'的训诫。为此,他征求同一教派的另外一位修行者的意见。

"那位修行者说:'你想得没有错,婚姻对社会极其重要,这样可以使人类少做很多坏事。家里没有女人,就没有世界的快乐。但是,一定要找一位温柔贤惠的妻子。'未婚的修行者问道:'应该娶什么样的女人呢?'

"他回答道:'爱丈夫的,认真养育孩子的。家里有一位贤妻良母,这个家就会幸福美满。'

"未婚的修行者又问:'不应该娶什么样的女人呢?'

"他说:'与结过婚、富婆和身体不好的这三类女人联姻不好。第一是"赫纳那",那类已经结过婚的女人,她的前夫去世了,或者她被前夫休了,会忘不了前夫;第二是"莫纳那",叫作富婆,她想以自己的财富压迫男人;第三是"阿纳那",那种见了丈夫就说自己体弱多病

的矫情女人，这样的女人克夫，总是一副哭丧脸。'

　　"未婚的修行者接着又问：'应与多大年龄的女人结婚呢？'

　　"那位修行者说：'女子应该年轻，像绽放的花蕾一样，因为老女人的脸上早已没了鲜亮，同这样的女子交合会软弱无力。同年轻的姑娘交合会富有生命力和活力，同老女子交合就等于自我毁灭。十至二十岁的女人是希望的火焰、安逸的源泉；二十至三十岁的女人是精神的宽慰、生活的安逸；三十至四十的女人是家庭的幸福，她们是儿女的福音；四十至五十的女人开始追求贞节之规矩。超过五十岁的女人，就像一只黑猫，对于财富和名誉来说是灾难，她们像是被水浸透的腐朽建筑、淤满了赃物的泉眼、荒芜的花园、贫瘠的土地或充满了痛苦和灾难的摇篮。'

　　"未婚的修行者问道：'关于女子的美，你有什么见解？'

　　"那位修行者说：'女子最美的地方就是她的纯洁和贤惠。如果在此基础上，她再有些姿色，那就是极好的。女子有姿色，但没有好的德性，那她就是性命攸关的灾难，或是永久的灾难。但是一个有好德性的女子，哪怕是相貌丑陋，也没有多大关系，她会使家里高朋满

座,生活幸福美满.'

"总之,就这样,经过精心挑选后,这位修行者找到一位家世很好的姑娘,同她结为夫妻。在她的美丽和贤惠衬托下,丈夫显得黯然昏庸。他们心心相印地生活在一起,对真主给予他们的好运千恩万谢。修行者盼望得到一个儿子。结婚几年来,他们都没有子嗣,他略有些惆怅,不断为子嗣祈祷。经过长时间的祈祷,最终真主还是接受了他的祈福,给予他一个皎月般的儿子。

"修行者高兴得乐不可支,他多次来到清真寺向真主祈祷,凡是要他敬献给真主的,他都二话不说,立即送到。为了养育儿子,他白天黑夜地忙着。一天,他的妻子去沐浴,千叮咛万嘱咐地把儿子放在丈夫怀里走了。碰巧没过一会儿,国王派人召唤他入朝,他得立即前去朝廷。他养了一只黄鼬,这只黄鼬十分讨人喜欢,他也相信黄鼬,常把黄鼬放在屋内。当时,他赶紧把孩子交给黄鼬,自个儿奔朝廷而去。他一走出家门,一条大毒蛇就朝孩子的摇篮爬去。黄鼬见到毒蛇的头抬得高高地朝向孩子,赶紧一个猛子扑了过去,抓住蛇头,将其撕扯成几段。孩子得救了。

"修行者回家看见黄鼬在门前,他的嘴和爪上都沾着血,就以为黄鼬杀了自己的儿子,这是儿子的血。想到这里,他一下子懵了,失去了控制,丝毫未加思考,拿起棍棒朝黄鼬的头和腰打去。之后他走进屋子里,看见儿子安然无恙地躺在摇篮里,旁边是一条断成几节的大毒蛇。

"修行者长叹了一口气,自责和无奈地捶胸顿足,泪水淌在脸上。他边哭边说:'嗨,冲动之下我都干了什么?打死了忠诚于自己的无辜的恩人。我这是做了什么?现在无法补偿这个罪行。我将怎么去面见真主呢?只愿我没有儿子,有了儿子也愿我内心没有那么爱他,以至于我竟在爱中昏了头脑,做出如此鲁莽之举。'

"他一直在痛哭。这时,他的老婆沐浴回来,见此情景,开始数落修行者:'真主在你年迈时赐给你儿子,而你杀死了一个无辜的伙伴、忠诚的动物,真是忘恩负义。什么人类呀!这样不冷静,这么冲动!如果你有点忍耐和承受力就好了!'

"修行者说:'现在你还想在我的伤口上撒多少盐巴!我的冲动、不忍耐使我无地自容。'女人说:'你说得对。现在谴责毫无用处,事情已经发生了,你应该从中吸取教训,那就是:冲动做事的结果除了懊悔、自责、羞辱和无奈外就没别的了。因此，没有承受力被认为不好，冲动的人难以达到目标。现在，你要克服冲动。像你这样的人，容易犯这样愚蠢的错误，而且会一直犯。愿真主原谅你们吧！'妻子的这番话让修行者心里感到一些宽慰。"

讲完故事，婆罗门白德巴埃说："这个故事是针对那些不三思而后行、草率行事、亲杀无辜的人而说的。他们的结局总会是身败名裂、悔恨不已，却给人以教训。智者永远从教训中受益。"

第七章

运用计谋和策略摆脱敌人的魔爪

拉艾·达比什里姆对婆罗门白德巴埃说："我已经听过了冲动、草率做事的故事，其危害也历历在目。现在，您把第七个故事讲出来吧！它讲的是：有一个人中了敌人的圈套，敌人想加害于他。后来，他同其中的一个人议和并结交，结果保住了自己的性命。获救后，他应该对那个救了自己性命的敌人采取什么态度呢？他应该如何兑现自己的允诺呢？"

婆罗门白德巴埃回答说："哎，国王！友谊和仇恨永远不能相提并论。它们常常是暂时的，很快就会结束。毫无疑问，很多友谊、朋友间的情意，时间一长就自动淡漠，同样，有的仇恨也会随着时间逐渐淡化，甚至完全消失。

"世界上，人的爱和恨、友好和仇怨就像春天的天气一样,刚下过雨,尤其是瓢泼大雨过后,马上就云消雾散。与国王的亲近就像美女的容颜、年轻人的气质、女人的忠诚、疯狂者的仁慈、疯子的慷慨、人民的愿望和敌人的仇恨一样,当代人的爱和恨也都是暂时的,没有哪个智者会信这一套。正因为如此,聪明人对敌人的友谊之路也是敞开的,对朋友不要过分相信,小心一旦有了仇恨,就会遭受严重的损失,就如我说过的一样。这方面有一个猫和老鼠的故事。"

拉艾·达比什里姆问道:"这个故事是怎么回事儿?"

婆罗门白德巴埃说道:"在伊朗布尔达城①附近的森林里,有一棵最大、最茂盛、最粗壮的树,老鼠在这棵树下安了家。老鼠生性贪婪、狡诈、精明,再难的问题,他只用几分钟就能解决。在耍花招和欺骗上没有能比得上他的,他每时每刻都在算计着。

"树边也是猎手经常出没的地方,他们常在那里铺设陷阱。那里还住着一只母猫。一天,一个猎人在树附近架设了一条绳索,上面放了一点肉。贪婪的母猫毫不知晓,蹑手蹑脚地到达那里。她的嘴刚碰上肉,脖子就被套住了。碰巧这时老鼠也钻出洞寻找食物,他

---

① 位于今阿塞拜疆。

东看看西瞧瞧,目光锁定在了猫身上。一看见猫,他浑身的血液都凝固了,吓得只剩下半条命。待再仔细看去,他发现猫被绳索牢牢缚住了。他为猎人祈祷,感谢真主。他刚一转身,又看见一只黄鼬躲在自己背后;再朝树上一看,上边还有一只乌鸦在盯着自己。

"老鼠吓得不寒而栗。他心想:如果再往前走,猫就会抓住我;朝后逃跑,黄鼬也会吃了我;如果在这里待着,乌鸦就会把我啄吃了。我可怎么逃脱得了? 我能想出什么办法逃走呢?

"他想了好一会儿,知道这会儿没人能帮得了自己,不发挥聪明才智拯救自己,难以逃脱灾难。他心生一计:此时与母猫修好为佳,因为母猫的处境也不好,她也需要我的帮助。就像她帮助我我能受益一样,她也只有在我的配合下才能摆脱灾难。

"想到这里,老鼠来到母猫身边,问道:'大姨! 您好吗?'

"母猫用极其微弱和忧伤的声音回答道:'干裂的嘴唇和目中的泪水足以体现我此时此刻的心情,你肯定能猜测到。'

"老鼠说:'我想对你说一个秘密,时间很短,你认真听听。'

"母猫很讨好地说：'你心里怎么想的，就直说出来好了，没必要遮遮掩掩。'

　　"老鼠说：'大姨，您知道，通常对于您的灾难，我会幸灾乐祸的，我总是想方设法给您带来痛苦。但是，今天我也心如刀绞，像您一样面临灾难。我的解脱也要依靠您的放行，所以我想同您修好。这儿有两个证人，一个是黄鼬，正注视着地面，另一个是乌鸦，在树上时刻准备要啄我。我不能强行求得您的庇护，不过，如果您保护我，我在您的保护下得救了，就可以为您咬断绳索，让您脱出羁绊。'

　　"母猫想了一会儿。她凭借自己的经验，迅速地思量着老鼠的话。老鼠迫不及待地说：'大姨！来不及了，您要作什么决定，就快点吧！聪明人，遇到好事不必多虑，事关重大，不要浪费时间了。相信我的坦诚与直率，我们两人的性命此时此刻就连在一起。我们就好比船和船工，没有船，船工无法到达彼岸；没有船工，船也不可能抵达彼岸。如果您再犹豫，机会就没了。'

　　"母猫相信了老鼠的坦诚，高兴地说：'你的话出于真心，我也嗅出了坦诚的味道。我同意修好我们的关系，退一步海阔天空嘛！虽然我还不能完全相信你，但我愿在真主的鸿福下，我们俩都能摆脱危险。你说吧，

我愿意去做。现在你告诉我，我应该怎样做？'

"老鼠说：'等我走近您，您要十分友好地对待我，让敌人看见您的真诚，这样他们就会失望地逃走，我就可以不受到敌人的伤害。'

"母猫点头同意。于是，老鼠来到她身边，她表现出十分的热情。黄鼬和乌鸦看见这一幕，狼狈地逃走了。

"老鼠摆脱了灾难，知道自己安全了，就去咬绳索。但是，他心里还在盘算：现在我是摆脱了那两个灾难，但母猫摆脱羁绊后，她就是我的新灾难，所以应该想出摆脱她的好办法。

"母猫也在揣摩着：此时老鼠一定另有心事，他咬绳索的速度放慢了。她担心老鼠咬了半截就扔下自己跑了，自己仍被束缚着。她极其生气地说：'你的事我都帮你解决了，现在你消极怠工，这违反承诺和保证。我早就知道，忠诚在这个世界上根本就不存在，诚实守信、忠诚可靠，在这个时代没人懂得了！'

"老鼠说：'真主作证，我不想给自己脑门上留下不忠不义、不守信誉的印记。善良的名声可不是那么容易得到的，我不想让背信弃义毁掉我一生的好名誉。我十分清楚忠诚的重要性，把它看作是去另一个世界

的盘缠。没有守诺和忠诚这类优点的人,是黑心人,不会得到好报的。'

"母猫说:'既然你知道承诺的重要性,那你为什么不快点儿咬绳索呢?给我记住呀!不守信的人会倒霉的,不忠诚的人现世和来世都会遭报应的。'

"老鼠说:'我知道,不诚实、不守信用的人缺乏绅士风度。与您修好,我已经受益,您的仁爱和仁慈使我的命得到保证,这点我不会忘记。但是,您的威胁也让我心里感到恐惧。只要没有想出一个好的方法,我就不可能咬断缠在您身上的所有绳索。'

"母猫说:'好像你担心我会吃了你。现在我们两人已经缔结了友好的承诺,我认为毁约不好。我对你说,你不要担心来自我的任何威胁,不要恐惧。我们俩的新友谊结束了旧怨,不要用借口、欺骗和失信来玷污自己的优点。绅士一旦结盟为好友,情意只会愈加深厚,用真情实意、忠诚守信使友谊更加牢靠。我相信,你会兑现自己的诺言,信守自己的承诺。'

"老鼠说:'我内心的恐慌无论如何也不能消除。真主可以作证,我根本没有,也从没想过失信,我不会不咬断绳索,不会不把您放出来就自个儿溜走的。'

"母猫说:'敞开心扉对我说吧!我也考虑一下,让

我看看你的智慧和大脑。'

"老鼠说:'我时常想,朋友有两种:一种是两厢情愿,不附加任何条件的交往;另一种是出于某种目的,或某种压力下的无奈之举。第一种可以信赖,不会带有任何危险,因为友好的基础是建立在善意和信仰之上的。第二种出于某种目的,是妥协的结果,或是出于贪婪的意图,这种友谊不会持续太久,双方有可能时而亲和友善,时而仇视敌对,因为这种友谊建立在利益之上,即使不会相互伤害,那也是暂时的。精明的人不会马上暴露自己的秘密,而是会十分警觉地、悄悄地离开。因为谁都珍惜生命,保全生命是人的本能。我们的友谊就像第二种那样,所以我就按照这样在做,也就是我一定会把你放出来,这事绝不会有半点儿差池。但是就保护自己的安全而言,我也丝毫不敢疏忽,我必须对你有所防范,因为我们俩有着家族的世仇。刚才为了躲避那两个敌人,我与你修好,并缔结协约,但对我来说,你是比他们还厉害的敌人,我们的友谊只是权宜之计,是暂时的。'

"母猫说:'哎,老鼠,你太狡猾了。以前我没认为你这么有心计,这次你让我开了眼界,我从中得到很多教训。现在告诉我,要怎么样你才能咬断这些绳索,而

你又能安然无恙呢？'

"老鼠笑了，说道：'每个困难、每种病都有解决的方法和药方。我想把所有的结都咬开，只留下最后一个结，这个结是所有结的关键，它是我的保命结。现在我就在等待那个关键时刻的到来，即当你担心自己的性命胜过要我的命的时候，就得不到要我命的机会了，就在那个时刻，我会把最后一个结咬开，放你出来，我也可以摆脱来自你的伤害。'

"母猫明白了，老鼠既精明又富有经验，不会轻易中她的圈套。她无奈地同意了老鼠留下最后一个绳结，把其他的结都一一咬断。

"夜晚过去，黎明的曙光露出，猎人从远处走来。老鼠说：'我向你保证过，而现在就是那个时刻。'母猫一见猎人就吓得半死，以为自己必死无疑。

"转眼间，老鼠赶到，把最后一个绳结很快咬断。母猫担心自己的性命，哪有心思吃老鼠！她拼命地逃跑，嗖地爬上树，老鼠也钻进了自己的洞里。

"猎人看见自己布下的绳网被咬断，又看见猫在跑，十分吃惊。他收起绳网，失望地往回走。过了些日子，老鼠钻出洞，来到离母猫家不远处站住。母猫喊了他一声：'干吗离我这么远？到我跟前来！做了一场朋友还这么陌生,你害怕什么? 你应该感到自豪才是。过来! 让我好好地尽朋友之谊,我还要称赞你的大恩和大义呢!'母猫再三要老鼠相信自己的友谊和忠义。老鼠没有上母猫那花言巧语的当。老鼠说:'暂时的利害冲突通过交往和真诚的仁爱能消失,而仇恨尽管表面上已不存在,但千万不可相信它会消失。无论何种情况下它都不会消失。暂时的友谊和仁爱也是可能的,但是随时都有可能转换成仇恨,所以不能掉以轻心,否则就会酿成大祸。我们俩是非同类的世仇,所以我们之间不可能产生友谊和真情。

"'此外,我们俩并非同类,不同物种间的交往和友好必定要面临巨大危险。就如同老鼠和青蛙之间的友好交往一样。两个非同类结为朋友后,出于友好,把两人的腿绑在一起,为的是当其中一位想见对方时,晃动一下绳子,另一位会很快到达。碰巧有一天,老鼠被乌鸦看见,乌鸦扑上去抓住他飞了起来。老鼠与青蛙的腿绑在一起,于是可怜的青蛙也一起被吊到空中。人们看见乌鸦扯着青蛙在飞翔,感到十分吃惊。青蛙听到人们的议论,说道:'这倒霉的事是因为我与老鼠交友造成的。凡与非同类结交为好友,就会陷入比这个还悲惨的下场。'

"母猫说:'既然你不想与我交友,那你当初为什么与我那么友好,现在又要分手呢?'

"老鼠说:'当时我需要你,所以我才伸出友好之手,这都是一时的变通。因为智者的处事哲学是:当陷入危机,为了逃脱灾难,可以不惜利用敌人的仁慈和友谊,达到目的后就分手。虽然分开并不是因为有了仇恨,或彼此之间产生了敌意,就如禽兽的幼崽在吃奶期一直跟母亲在一起,一断奶就完全离开母亲一样,没人认为他们是因为仇恨而分离。我和您的情况也是这样,我们之间不可能产生真正的友情。

"'此外我们俩是天敌关系,这点天下人都知道。从我们相识的那个时刻起,就不存在真正的联合或友谊。水只有放在火上才能变热,从火上拿下来就会变凉。世人都知道,老鼠的最大天敌是猫,您对我的兴趣不会是别的原因吧?不过是您想拿我的血当作早餐的饮料,把肉当作午餐的食物而已。'

"母猫说:'侄子,你在说什么呢?你在开玩笑吗?还是你心里就这样认为的?'

"老鼠说:'大姨!谈论生死大事,何能当儿戏?这些我都是经过深思熟虑和认真探究之后才说的。我清楚地知道,像我这样的弱者在您这般有力量的敌人面

前一定要逃跑，否则就得付出不可挽回的代价。现在，我们最好彼此离远些，我未来也要远离你。您要小心猎人呀！'

"母猫手足无措。最后，他俩互相说了声'永远不再相见'，就回各自的窝巢里去了。

"从这则故事中，智者得到的启示是：需要时，同敌人修好无须犹豫；目的达到后应该立即分开，应该想到保护好自己。"

第八章
远离嫉妒者，
谨防他们的花言巧语

　　拉艾·达比什里姆听了婆罗门白德巴埃富有哲理的故事，深受触动，说道："智者，您的话在哲理和真实性上无可挑剔。在陷入敌人包围时，根据需要同他们达成一个承诺，达到目的后，兑现自己的承诺，然后与其分手——这是您的忠告，值得牢记在心。现在请再讲一个'远离嫉妒者，谨防他们的花言巧语'的传说故事吧！"

　　婆罗门白德巴埃说："哎，国王！真主在赋予一个人智慧、辨别是非和利害关系能力的同时，也会毫不掩饰地告诫：要远离被你伤害的朋友。凡是一个人从你那里得到伤害，他的心里就有了记恨，那就有必要远离他。从吃了亏的敌人那里永远得不到安全，也不要为他们的花言巧语和仁慈所感动。这方面有一个生动而有趣的故事,发生在国王和燕子之间。"

拉艾·达比什里姆问道:"那是什么故事?"

婆罗门开始讲述起来:"传说某国有一位名叫默顶的国王,他足智多谋、胆量超群、精明能干。他非常喜欢一只燕子,这只漂亮的鸟儿用自己迷人的外貌、悦耳的叫声吸引国王默顶的心。国王把燕子当作宝贝,放在自己的身边,听着燕子悦耳的叫声。一日,燕子在王宫内产下一枚蛋,孵出一只雏鸟。

"说来也巧,国王的儿子也诞生在这一刻。这样,王子和燕子的雏鸟同时被养育在宫内,王子同燕子的雏鸟嬉戏很是高兴。燕子每天飞出去,从大山和森林里把各种人类不认识的鲜果带回来,一般都是两个,其中一个给王子,另一个给自己的孩子。两个孩子每天吃着,别提多高兴了。这些鲜果有利于孩子们的身心发育。国王很高兴,他十分喜爱燕子,不断地犒赏燕子。日子就这样过着。

"一天,燕子出去了。他的孩子在王子的怀里蹦来跳去,突然,雏鸟的爪不小心抓伤了王子的手。王子把雏鸟掷在地上,雏鸟挣扎几下便没了性命。燕子回来,看见死去的雏鸟,痛苦得心肝断裂,仿佛世界一片漆黑,她痛苦地仰天长叹,不停哭泣,还不断地念念自责道:'我真是昏了头,把深宫当作自己的家。如果我在森林的灌木丛里或墙上安下家,那该多好啊!如果我不是满足于几粒谷物,就不会遭遇这倒霉的时刻。弱者和强者生活在一起,就是这个下场!无论如何,我一定要报仇!我要让那个杀害自己同伴的无情暴君尝尝暴虐和血腥的滋味,否则我的内心无法安宁!'

"燕子突然跳到王子的脸上,用爪挖出王子的眼珠,然后径直飞走,落在宫殿的城垛上。国王听到这个消息,十分恼怒。他心想:如何设计才能抓住这只该死的鸟儿?我要给他最严厉的惩罚。想到这里,他来到城垛下面,假装镇静,招呼燕子说道:'哎,亲爱的燕子!你干吗要待在上边呢?下来吧!我已经原谅了你的过错,饶你不死。没有你,我怎能安心呢?'

"燕子回答道:'哎,国王!我对您俯首帖耳。我曾在心里盘算,就这样一生在王国的庇护下度过,像王宫里的鸽子一样,在后宫过着安全、安逸的生活。但是,当我的孩子像被屠宰的牲畜一样死去,我和您的后宫又有何干系呢?智者不会多次检验一件事,不会给残暴的动物两次咬人的机会。您也应该知道,罪犯的内心应该永远被恐惧笼罩,因为他迟早要受到惩罚。他可以侥幸地躲过一时，可复仇是人的天性，他总会在某个时间得到惩罚。王子以残忍的方式杀了我的儿子，我为了报仇挖掉了他的眼珠。我犯了罪，不可能不受到惩罚。人类说的话总会兑现，因为我犯了罪，所以智慧让我知道，我不能相信您的话，最好是远离您。'

"国王说：'你说得对。最初是我儿子犯了过错，他无缘无故地打死了你的孩子。你以恶报恶，找他报了仇。你没有以命抵命，仅挖了他的眼珠。你的这个恩惠也不算小。现在你没抱怨我，我也没有抱怨你，所以快从心中抹掉那些无用的话吧！相信我，不要把决裂的污点搁在我头上。我把报复看作是罪过，宽恕是美德，因此不能扔掉美德选择做坏事。而且，我主张以德报怨，凡是对我不好的，伤害我的人，我总是宽恕对待。'

"燕子说：'现在我怎能回到您身边？智者总是避免和受害者交友，他们认为，对待受到伤害的朋友，不仅要远离，而且，哪怕他千方百计哀求、恭维，也千万别相信他。越是恭维和宽恕，越是要远离他。'

"国王说：'哎，燕子！你就相当于是我的儿子，甚至比我儿子还要宝贵。我对你的喜欢，超过对任何一个心腹。难道我能向自己所爱的人报仇？快不要这样想了！'

"燕子说:'国王!智者说过很多关于亲朋好友的至理名言,并对他们的地位作了很详细的描述。他说过:父母就像朋友一样,兄弟就像伙伴一样,叔叔、舅舅、姨妈就像熟人一样,妻子就是伙伴和密友,少女就如同敌人一般,剩下的亲属就像是陌生人;但是,儿子就像自己,他就是自己的化身,他的永存就相当于自己的永存,对儿子的仁爱无人能比。因此,不管怎么说,我都不可能是您的儿子。现在,我已经撇清与您的所有关系。您对我的恩惠已很多,我没有必要继续索要,我也没这么大的胆量,继续把自己的孩子养大后交给人施虐,而不说一个"不"字。我现在无法摆脱失去孩子的痛苦,我不能忍受残暴的屠杀。此外,我能不害怕您杀我吗?我不会被您的那些甜言蜜语所迷惑。'

"国王说:'假如最初你就这样做,那么担惊受怕也值当。但是你所做的,就是为了报仇。你为什么这样恐惧呢?你扔下我要去哪里?你这样做不公平呀!假如案子传到我这里,我会作出公正的裁决,也要同王子清算。你也想想,在王子出生之前,只有你是我唯一的宝贝,正是有了你,我才身心愉悦和心满意足。之后王子出生,我让你分享我的爱,我们俩在欢笑中度过每一天。现在王子失明了,我对他的关注自然会少些,会更

加倾心于你，所以你不要离开我。'

　　"燕子说：'心中的仇恨是不容易被人察觉的，所以不能仅仅听其言，语言常常不能很好地反映心里所想。哎，国王！我十分清楚您的威风，我也清楚您的权力和严厉，所以我一时一刻也不敢疏忽大意。'

　　"国王说：'这些不都是朋友之间经常发生的事吗？一个会受到另外一个的伤害，但是忍耐和宽容会浇灭愤怒和痛苦的火焰，这才是智者的行事方式。因为他们知道，忍耐的茶水虽然喝的时候很苦涩，但是确实很有益处。'

　　"燕子说：'我一生在跌宕起伏中度过，品尝过冷暖的滋味，所以我不缺少经验。我清楚地知道，权力的火苗会把誓言和诺言像干草一样烧成灰烬。当雄虎要为雌虎雪恨时，尾巴会敲打地面，这时，花言巧语、奉承和花招都毫无用处。所以，我最好不要昏头昏脑。我就像梅花鹿一样习惯惧怕猛虎，会吓得逃向荒原，因为弱小的我在任何情况下都不能对付强大的敌人。'

　　"国王说：'仅仅因为怀疑而终结友谊，陷入揣测的泥淖，把朋友放在分离的大火上烧烤，这极不合适。因为一点小事就断绝老传统和老关系，因为一件小摩擦就断绝友谊和忠诚的关系，这不是明智之举。我不知道你会这么不忠不义，相比之下狗更好。狗尽管遇到奇耻大辱，也还会忠于职守，不会不忠不义。把忠诚当作自己的风度，这是狗的优点！'

"燕子说：'当您的同情和承诺完全虚无缥缈，我怎么会忠诚呢？您不报仇也不可能。现在您无法抓住我，所以想把我骗到陷阱里再行报复。真主保佑，要远离帝王的仇恨。通常国王盛气凌人，他的报复更是残酷无比。他不会听任何辩解，也不会有同情心。他的报复就像快熄灭的火苗，表面上看不出任何动静，但是一旦恼怒的风将其重新点燃，就能烧毁世界。'

"国王说：'你真是奇怪，片面看待这件事，不考虑别的因素。把胆怯和害怕变成不害怕又有何难？'

"燕子说：'仁慈、大度和宽慰会减少恐惧，也可以消除恐惧，但是一些仇恨无法从人的心中消除。我出现在您面前时，会总是害怕和恐惧，死亡每时每刻浮现在眼前。所以我最好成为您的陌生人，远离您。'

"国王说：'一个人，没有真主的允诺，既不利人，也不能害人。多少事情都是出自真主之意！人类没有杀人和赋予生命的胆量。所以我儿子打死你儿子，或者你为报仇挖出他的眼睛，这些都是定命呀！所以我们不要互相指责了，所有发生的事，都是真主的旨意。为

什么要对真主抱怨呢?应该感谢他才是。'

"燕子说:'无疑,人类是无奈、无能和无力的,无疑每件事都是按照真主的旨意发生的,但是我仍然不能不防。世界被说成因果世界,也就是做什么,就得什么;种什么,就收什么。'

"国王说:'总之,我是渴望者,你是不悦者,我的心比你的纯洁,你的心里充满了对我的仇恨。'

"燕子说:'您对于我的兴趣,是要吸食我的鲜血,以抚平您内心的愤恨。可是,我现在还不想死,而且在千方百计地拯救自己。如果说我用自己的心去揣测别人的心,这也是毋庸置疑的。事实上,我如果得到机会,变得有力量,那么不要了您王子的命我绝不甘心。同样我也相信,国王因为王子失明也很痛苦,不杀掉我您也不甘心。智慧告诉我:什么时候国王想起王子失明的眼睛,我就会想起我那因暴虐而死去的孩子,我们俩的心就会完全改变。在这种情况下,我们离避还是好的,分开比见面更合适。'

"国王说:'你的意思是说,没人能原谅自己的朋友和亲爱者的过失,宽恕他的过错。然而,智者总是包庇罪犯们的罪行,即使有能力惩罚他们;智者常常原谅罪犯,就仿佛他从没犯过罪似的,甚至会终生将其忘得一

干二净。我的情况也是这样,我总是提倡宽恕,不管罪人的罪孽有多么深重,我从不放弃原谅他们。'

"燕子说:'国王,这一切都对,但我是罪人,罪人永远要担惊受怕。信仰也告诫我们,不要去找死。智者常说:没有比这三种人更愚更蠢的,第一种是因为自己的种姓和力量忘乎所以的人,他的结局一定是死;第二种是不控制饮食的人,吃的总是超过自己的消化能力,这类人无疑是拿自己的生命当儿戏;第三种是容易被别人的甜言蜜语所蛊惑的人,因为别人的油腔滑调而失去自己的威力,这类人除了被人责骂、自己懊悔和痛苦之外,别无其他结局。'

"国王说:'我越对你忍耐,你越不知好歹。说实话,凡是脑子里歪点子多的人,都不能接受好事。'

"燕子说:'我从心里接受智者的教诲,选择离避您。我再也不会待在这里,现在我应该走了。'

"国王说:'这里吃喝都不缺,为你提供各种舒适。离开这里到处游荡去找生计,这可不是明智之举。'

"燕子回答说:'凡是把五种秉性作为生活资本的人,无论去哪里,都会幸福美满,都能很快被接受。第一是要远离坏作风和道德败坏,第二是要有好品行,第三是要小心被人诬陷,第四是要有好德性和绅士风度,第五是要注重生活方式的文明。有以上好秉性的人，不会是颠沛流离者和侨居他国者，智者和文明者不会远走任何地方或侨居其他城市。但是，当他的尊严和生命在某个城市里不受保护，那么哪怕那里是他的出生地和祖国，他也不会在那里居住，他会接受与亲朋好友的分离。朋友可以在别处找到，但是生命不可能第二次获得。'

"国王问：'你要出去多少天？什么时候走？'

"燕子说：'不要期望我会回来，我根本不会再回来了！'

"国王十分惊讶和惋惜。他明白，现在这只狡猾的鸟儿再也不会上当了。最后，他想尽了花招，作了种种的誓言和保证，但是燕子说：'国王，您越想展示种种仁慈、恩惠和对我生命的保证，我就越害怕您。所以，您不要再浪费时间了。'

"这下国王彻底明白了，他的任何托词、欺骗甚至宽慰都无济于事。即使他痛哭流涕，也无法感动燕子。于是他说：'哎，燕子！我知道，我再也别想见到你了。但是，你说一些好听的话吧！这可以减轻我的痛苦，让我把你记在心中。'

"燕子说：'哎，国王！世人所经历的事都是命定的，没人能左右世界。任何人都不知道自己的未来是幸运的，还是不幸的。但是，人都应该继续做自己的事，应该按照自己的理解、智慧和方式履行自己的责任。因为，如果命运和修行契合，那么进步、成功和幸运就会迎面而来；如果命运和修行没有契合，那么谁也不会责难他，而会原谅他。

"'请把智者的这句话记在脑海里，那就是：不能带来益处的财产最无用，无心理政的帝王不能保护王国和庶民，无能的朋友在困难的时候会抛弃朋友，下贱的女人与丈夫不贴心，子嗣中最不称职的儿子是不孝之子，荒凉的城市既不安全又缺少物品，同伴里最不讨人喜欢的人不仅不会是知己，而且还会是争吵的导火索。我和国王之间出现了分歧，我们分道扬镳是最好的选择。'

"说到这里，燕子从宫殿的城垛上飞起，朝着树林的方向飞去。国王既惊愕又惆怅地看着，随后，十分沮丧地回到宫里。

"这个传说故事是有关远离仇敌和仇恨的，由此我们得到的教训是：智者在遇到大难时，总是采用智慧和方略来拯救自己。他们永远不相信吃了亏的敌人，也绝不会被敌人的宽慰、奉承和甜言蜜语所迷惑，更不会对敌人掉以轻心。"

第九章
宽恕的益处

拉艾·达比什里姆对智者和有远见的婆罗门白德巴埃躬身施礼,接着说道:"您陈述叙说,不要上敌人的当,远离妒嫉者的花言巧语和虚情假意,我都已铭记在心。现在请您说说第九个忠告。我焦急等待着,听不到这个故事,我的心情就无法平静。"

婆罗门白德巴埃侃侃道来:"如果世上的国王都把宽恕和同情的大门关闭,为一点过失就严加惩罚,那他的乌姆拉①和幕僚就会变得心有余悸,也不会再相信国王。这样就会导致两个极端,一个是消极怠工,一个是罪犯对宽恕全无所谓,毫不在意。在未来的王国会传出这样一句话——如果想知道什么是宽恕,那只需要

———————————

① 指协助国王处理政务的皇亲国戚,也就是贵族。

体验犯罪和背信弃义就行,无须献给朝廷别的什么。

"还有什么比宽恕更能体现出国王的美德呢?要知道一个人是否完美,就要看他是否善良仁爱,是否宽宏大量。在处理国之大事,或面对苦难时,能头脑清醒,很好地运筹帷幄,是国王的美德。国王应该懂得恩威并施,刚柔并举。但是,柔不能被认为是柔弱,刚不能有暴力。国之事务在既有信心又注重谨慎中得以实现,最终让忠诚者和献身者能得到恩赐,让叛逆者和滋事者受到惩罚和威慑。

"《古兰经》中说:'且能拗怒,又能恕人。'[①]宗教长老和修行的苏非长老对此的解读是:الْكَاظِمِينَ الْغَيْظَ 的意思是'抑制怒火',意指严厉和惩罚不要过头;الْعَافِينَ عَنِ النَّاسِ 的意思是'消除心中的仇恨和敌意';الْمُحْسِنِينَ 的意思是'当朋友和佣人有过失时,如果他们希望求得原谅,那就选择宽恕'。《古兰经》的这一节的概要是'人做任何事情都应该采取委婉和仁慈的态度,做任何事情都应该学会怜悯和宽恕'。

"人类的文明和尊严胜过感恩和宽恕,要永远记住

---

① 马坚译:《古兰经》第三章第一百三十四节。
الْكَاظِمِينَ الْغَيْظَ وَالْعَافِينَ عَنِ النَّاسِ وَاللَّهُ يُحِبُّ الْمُحْسِنِينَ

这两个美德。所有人都知道，人总会犯错误。如果国王严惩每个犯过错误或有过失的人，那国家的事由谁来做呢？如果在治理国家大事时过于严厉，就会埋下危险祸根。所以国王须倾听那些觐见人和善意者的批评，要考虑他们以往的能力和忠诚，再作出决定，分清是非；发现臣民适合做哪些事，就委托他们去做，根据他们的能力和才干去安排。国王还要看看，在各级官吏中，谁亲民，谁残暴。凡是颇有怜悯心和同情心的，就把监管百姓的事务交给他，赐予他们恩惠；凡是残暴的、不同情弱者的，免除他们的职务。

"就是要所有官吏明白，国王会赏赐那些品行端正、善心善行、勤政务实者，严惩那些品行不端、残暴跋扈、懒政怠政者，按其罪孽予以惩罚。在王国上下，国王的仁慈使好人永远做好事，恶人因害怕国王的惩罚而不敢作孽。此时此刻，我想起了老虎和豺狗的一段故事。"

拉艾·达比什里姆问道："那是什么故事？"

婆罗门说："传说，印度的某城里住着一头叫作佛利萨的豺狼。他厌倦俗世，清心寡欲，告别过去，过起寡洁的生活。他不再吮吸动物的血，吞噬动物，不再给其他动物带来痛苦。他的朋友们都认为他变傻了，甚至讽刺挖苦他说：'做这样的傻事有什么好处呢？回来和我们住在一起吧！瞧你选择的什么生活方式！如果你还愿意回来和我们在一起，就要随着我们的方式，否则你还是离开。你这样祈祷和修行能得到什么？享受吧，做自己应该做的！你为什么要拒绝世界的美味，毁掉自己的生活呢？'

"豺狼回答道：'万物皆要离开这个世界①，因此，为了明天②，有必要积攒点盘缠。珍视今日，明日无法预料。凡事不要等到明天，今天能做的事就不要等到明日。这个世界再不好，毕竟是另一个世界的沃土，这一点毋庸置疑。你在这片沃土上播种什么，末日就会得到什么。智者应该专心致志地为末日积攒资本，不受短暂世界福利的诱惑；而要一心追求永久世界③的财富，只有与这个无情无义的世界断绝关系方可实现。今天，当真主赋予你力量，你就专注祈祷和修行吧！年轻时为年老时做些事。有一个长者说：今天你可以做，可你不明白；明天你明白了，你却做不了了。'

"他的伙伴们说：'哎，佛利萨，你劝告我们不要贪

---

① 指今世。
② 指来世。
③ 指人死后的永久世界。

恋世上的美味，但是，这些美味就是为让我们享受、让我们品尝到其滋味而产生的。'

"佛利萨说：'财富是一种工具，智者通过财富为自己留下美名和善名，还要带着它去另一个世界当末日的盘缠，为在另一个世界得到善报而做准备。如果你们想获得两个世界的吉祥，那就记住我的话——为了将来能吃到美味和满足自己的食欲，请不要杀戮任何动物，更不要以给别人带来痛苦和伤害的方式获取食物，而且只食维持身体所必需的食物，不要贪食。不要违反教法，和我保持一致，因为我与你们结交不是为了遭罪。原谅我，允许我放弃与你们的结交去过隐居生活。'

"同伴们被佛利萨的坚定修行意志和苦戒决心所触动，于是都成为他的追随者，并为自己先前的话感到羞愧。佛利萨没用多久就通过笃信真主和虔诚行为而获得了修行的高位①，接着，家里不断有虔诚者和修行者前来拜访，他也逐渐小有名气。

"佛利萨家附近有一片碧绿的、气象万千的林海，

---

① 指神秘主义者经过潜心的修行，神秘主义思想达到一个较高的境界。

林海深处流淌的小溪、五彩缤纷的鲜花及缀满果实的树木都美得令伊甸园①也自愧不如。有很多飞禽走兽在此安家筑巢,他们的国王是一头老虎。他的威望与尊严使林海中的所有飞禽走兽都对他毕恭毕敬,俯首帖耳,所有的动物都把顺服和效忠于他当作自己的义务。在他的保护下,他们过着安定祥和的生活。这头老虎的名字叫嘎姆·久艾。

"一天,嘎姆·久艾在朝廷和大臣们议论国事,提起佛利萨,大臣们便夸奖起他的虔诚和对真主的敬畏。这引起老虎的兴趣,他传唤佛利萨上朝觐见。佛利萨把履行国王的旨意视为自己的责任,听到召唤便来到朝堂。国王嘎姆·久艾对他十分敬重,让他在宫内暂住数日,对他进行甄别与考验,结果听到的都得到了验证,也发现他有很强的雄辩能力,被他的智慧和谋略所打动,感觉与他相处非常愉悦。

"几天后,嘎姆·久艾把佛利萨叫到自己身边,说:'王国事务繁多,我一人力不从心。我一直听闻你忠诚、守信和才干非凡,现在见到你,发现你的确名不虚传。我听到的关于你的传说,现已眼见为实。我想把

———————————

① 伊甸园,伊斯兰教信奉的天堂。

你当作自己的心腹大臣,把管理王国的事务全部交给你。我相信,在我的指导下,你会历练老成,身居高位。来做本王的大臣,你一定会得到世人的尊崇,也会时常得到朕的恩赐。'

"佛利萨回答道:'国王应该知晓,要想更好地执掌王国大事,应该寻找干练、适合的人选。国王看中某人,还要看他愿不愿意,不可强迫为之,否则不利于王国大事,责任也在陛下。我全然不懂得王国事务。您是一位尊贵的君主,您的王国不缺出类拔萃之人才,有很多足智多谋的四蹄牲畜和鸟兽,他们的能力都在我之上。国王最好在他们中间选择一位,赋予他这份荣耀。'

"嘎姆·久艾说:'借口和推辞有何用,我不会放弃你,愿不愿意你都得接受这份差事。'

"佛利萨有礼貌地说:'大王!王国的事务只有两种人能胜任。一类是十分精明、心思缜密的人,他可以不在意廉耻和羞辱;第二类是因为自己的无能或惰性而惯于低眉顺眼的人,他们不在乎别人的呵斥。这样的人是自愿的,不是被迫的,他们也没有对手。我恰好不属于这两类人中的任何一类,也就是说,我既不贪婪,也不是心术不正,更不会不忠不义去做事。我的秉性也不这样下贱,不能忍辱负重。所以,大王,您还是放弃自己的想法吧！不要让我进入宫廷当差，我已经放弃非分之想多时，这是知足者常乐。如果大王想把我拖入世俗世界的肮脏①中，我的末日就会像那些苍蝇一样，到头来落在蜜盘上结束自己的性命。'

"嘎姆·久艾说：'如果有人坚持诚挚、真实和公正，那他就不会有任何损失。在宗教和世俗两个世界，他都会受益匪浅。'

"佛利萨说：'一个人与朝廷攀上关系，可能他在末日得到的结果不会太坏，不过世人不会放过他。在接近国王的同时，朋友可能变成敌人，甚至比敌人还仇视你。等到他们联合起来与你为敌，你还能在何处寻找到保护呢？没人可以高枕无忧和安然无恙！'

"嘎姆·久艾说：'只要我喜欢、欣赏你，你还怕什么？不要有任何顾虑，有我的庇护，所有的敌人都不敢吱声，有我的一点点威慑，他们都奈何不了你。在我的庇护下，你会安然无恙、舒适安逸。'

"佛利萨说：'如果大王想赐福于我，最大的恩惠就是不要让我做这个差事，让我在大漠荒原里过安静的

---

① 按照伊斯兰教神秘主义的观点，世俗的物质世界都是肮脏、不洁的。

生活,吃糠咽菜,远离朋友、敌人的妒忌和仇视,安静地过着短暂的生活。'

"嘎姆·久艾说:'你应该放心大胆地加入到我的心腹大臣中来!'

"最后,佛利萨说:'当我的理由不被接纳,对我来说我就应该为朝廷服务。那您得给我保证,倘若我的职位提升了,我的上司不能因怕被我替代而心存敌意,到头来陷我于死地,那么,我才敢奉命就任。'

"嘎姆·久艾让他放心,并保证不会给他带来任何伤害,然后让他做了财务大臣。国王对他非常仁义和慈爱,王国大事小情都找他商量,王国有再大的秘密也不回避他,甚至不让佛利萨离开自己半步。两人同心同德、心心相印。

"这引起了老虎其他心腹大臣的妒忌,所有朝廷官员都反对佛利萨,以他为敌。他们绞尽脑汁地结党密谋,为的是让老虎怀疑佛利萨的忠诚,厌恶佛利萨,对他心生疑虑,以致毁掉他。最后,他们指使一个人,把嘎姆·久艾早膳要吃的肉偷了出来,藏在佛利萨的家里。

"第二天,所有的重要大臣都齐聚朝廷,佛利萨办事外出,嘎姆·久艾在等着他。这期间正是老虎早膳的时间,他向一个侍者要肉,肉却不见了踪影。朝廷大臣四处寻找。老虎饿得忍无可忍，他狂躁、愤怒、兽性突然爆发。朝廷官员看见嘎姆·久艾饿得焦躁不安，其中一位说：'现在到了了解实情的好时机了。我们是大王的奴仆和忠诚于大王的人，我们的责任是：知无不言，言无不尽，无论消息好坏，都要如实禀报大王。'

"嘎姆·久艾说：'说得有理，说吧！毫无疑问，你们有责任把真实情况告诉我。你想说什么？'那些滋事者当中的一个战战兢兢地说：'大王早膳的肉被佛利萨拿回家啦！'别人插嘴道：'不，不可能呀！佛利萨是一位尽忠尽职、有情有义的人。'第三个人狡诈地说：'想好了再说，每个人都有朋友和敌人，可能是某人为了欲擒故纵，故意传出这个消息。'他们当中有位胆大的说：'应该检验一下吧！如果肉从他家里找出来，那时认定他贪赃枉法也不迟。'

"嘎姆·久艾气得火冒三丈。他咆哮着说：'在座的各位朝廷命官，你们是怎么想的？你们有何证据可以证明这件事呢？'

"一个佛利萨的敌对者面对朝廷厚颜无耻地说：'哎，大王，佛利萨的狡诈和不忠，以及他的叛变行为，整个森林中无人不晓。如果他的确居心不良，那他就要受到惩罚。'第二个对立者应和他说：'我也曾听说过他贪赃枉法的事,但当时我不相信。现在听到这件事,我信了。'又一个接着说:'佛利萨不忠不义的事,也骗不了我,我在某人面前早就说过:"他欺骗的结局只会是受到羞辱,没别的。"'

"就这样,所有的人一唱一和地鼓噪起来,嘎姆·久艾也半信半疑。有一个能说会道的大臣说:'朋友们! 你们为什么要这样毫无证据地诽谤一个人,抹黑自己的功绩薄①? 也许我们得到的消息并不准确,所以最好下令搜查他的家。如果从他家搜出肉食,那就证明他有罪;没有搜出来,我们大家就不要再非难他了,而是求他原谅。'另一个说:'要搜查,就快点,因为到处都有佛利萨的眼线,他们会立即做手脚。'还有一个无耻的家伙说:'即使这不忠诚家伙的罪行被证实,大王仍有可能被他的谗言和花言巧语所迷惑,会赦免他。在国王的眼里,他永远不会犯罪。'

"总之,那些人合在一起对佛利萨进行栽赃陷害。国王命令佛利萨到庭,可怜的佛利萨并不知道这是个阴谋,立即出现在朝中。因为他是清白的,所以当被问

---

① 功绩薄,记录每个穆斯林生前的行为,到世界末日那一天,由天使蒙卡尔和纳吉尔呈报给真主。穆斯林相信世界末日时,两位天使会到墓穴对死者进行质询。

到国王早餐的肉食时，他毫无顾忌地回答道：'我已派人送到御膳房，让人做好后送给国王早膳时用。'

"御膳房的仆人也已加入到这场阴谋中，他否认说：'我不知道这件事。'

"嘎姆·久艾已经派了几个人前去佛利萨的家搜查，他们很快就从他家里搜出了肉食。佛利萨立即明白，对手的阴谋得逞了，可怕的事就在眼前。

"老虎的大臣里有一头狼，表面上他是佛利萨的朋友。他对嘎姆·久艾说：'这个徇私舞弊、无情无义、无能之辈的罪行已得到证实。大王现在就给他惩罚吧！这对其他人也是警示。如果大王不严惩，那有罪的人就会更加嚣张。'

"嘎姆·久艾下令，解除佛利萨的职务。

"朝廷里有一只野猫，老虎征求他的意见。他说：'大王！我非常吃惊，这个骗子是如何在大王的眼皮底下掩饰自己的不忠和欺骗的。现在就不要耽搁了，快点杀了他。只有严厉执法，公正之树才能保持郁郁葱葱。智者说过：如果不把政治之剑拔出剑鞘，骚乱就不会被制服，政治就难分敌我。为了公正，哪怕杀了情人和亲爱者，也不要有半点犹豫！'

"野猫的这番话使嘎姆·久艾怒火中烧。他让人对佛利萨说：'如果你想申述自己的清白，就说吧！'佛利萨不承认自己有罪，所以他就随便回复了几句。这令嘎姆·久艾更加恼怒，他下令杀了佛利萨。

"老虎的母亲，也就是太后，听说后来到老虎面前，劝说道：'不要草率行事，不要拒绝公正。前人有一句话：八样东西同八种人有关，妻子的名誉来自丈夫，儿子的尊严来自父亲，学生的知识来自老师，士兵的力量来自统帅，修行者的高尚来自禁欲，人民的祥和生活来自国王，王国的理政来自公正，公正来自智慧与谋略。国王对于大臣的指责和流言，不调查就给予惩罚，这很不好，国王会失信于大臣。当国王上朝时，他们会互相指责，互相伤害，骚乱分子的目的会得逞，而无辜的大臣就会被关进牢狱。'

"老虎说：'我没有听了谁的谗言就下令杀佛利萨，我是在听说了他的不忠不义后，才下令杀他的。'

"太后说：'在没有做好调查和得到确切的证据前，国王不该表态。我对此很怀疑。当帷幕被揭开时，真相方可大白。仅根据怀疑就确定他有罪，之前他的贡献、忠诚和大义就被完全忘记了，这不是太过分了吗？

"'儿子！遇到关键事情时，要冷静考虑，高尚建立在智慧和才智的基础之上。佛利萨在你的朝廷里位高权重,是你的心腹大臣。你曾多次在朝廷上称赞他的忠诚、正义和尽职,赐他皇家恩典,单独与他秘商国事。你应该以此为荣,证明自己的智慧和谋略。我十分清楚贪婪和欲望不能征服佛利萨,他不会丢掉忠诚的本质。自从佛利萨来到你的朝廷,他从没吃过肉。他一直严格恪守这一条,他忌讳吃肉已是尽人皆知。可那些人使出拙劣的手法,竟把肉藏在他的家里。这些都是骗子和忌妒者的伎俩,他们为把罪名强加于他而使出如此拙劣手段。你只要审慎思考,不要急于给他量刑,就一定能还原事实的本来面目。有两种可能,他是无罪的,或是有罪的。如果证明他无罪,你就是枉杀无辜;如果证明他有罪,那你就有权杀了他。'

"老虎接受了太后的忠告,决定推迟对佛利萨的处刑。随后,他亲自审问佛利萨:'我考验了你很多次,一直欣赏你的人品和秉性,你说的话我全然相信。但是,今天你怎么了?这件事到底是怎么回事儿?你就把事情的原委全盘道出吧!'

"佛利萨说:'大王!您对我很仁慈。国王的仁慈与大度被人利用,必误国之大事。现在洗脱罪名和弄清事实真相的唯一办法,就是把那些诬陷我的人召唤上朝,一一询问。佛利萨已多年不食肉类,为什么要将此罪名强加于他呢？为什么不怀疑那些吃肉的人？这是何等的居心叵测！大王！如果就此进行严厉的质问，他们必定会说出真话。万一经过审问也无人招供，那就动用严刑拷打，或悬赏诱供，或御赐免死金牌，这样一定会得到真情实况。'

"嘎姆·久艾听了佛利萨的话，把那些反对者和诬陷者统统召唤进朝廷，分别单独询问，并且允诺，说真话者非但不会被抓捕，反而赦无罪。在悬赏的诱惑和赦无罪的感召下，他们中间许多人说出了真相，承认了自己的过错。就这样，佛利萨沉冤昭雪，老虎对他的忠诚和正直更加确信无疑。

"太后说：'儿呀！你承诺悬赏，宣布赦无罪，一定要兑现呀！不管怎样，你从这件事得到了经验和教训。你也清楚了，对任何一个人的猜疑和诋毁，在没有调查之前绝对不可相信。只有经过认真深入探究，方可以作出裁决。'

"嘎姆·久艾说：'您的教诲我一定牢记心里。毋庸置疑，这件事让我得到深刻教训。现在我明白了，任何事情，在没有任何证据，没有充分理由，没有认真调查的情况下，就绝对不可以轻易下结论。'

"太后说：'哎，儿子！凡是无缘无故加害朋友的人,我们不必与这些人来往,因为他们不配。这方面前人都有说法:世上有八类人,必须远离他们,更不能与他们交往;还有八类人,对于我们这样的人来说必须与他们交往。必须远离的八类人是:一、不知道感恩戴德,不敬畏主人的人;二、动辄发怒、性情暴躁的人;三、倚老卖老、飞扬跋扈、不崇信真主和忽视仆人①权利的人;四、阴险狡诈、以欺骗为生的人;五、撒谎、背信弃义的人;六、欲望的奴隶;七、没有廉耻的人;八、无中生有的多疑者。

　　"'可以交往的八类人是:一、懂得感恩的人;二、不忘旧情、待人忠诚的人;三、敬重长者、有学问的人;四、不傲慢、不背叛、无恶习的人;五、能控制自己情绪的人;六、胸襟坦荡、宽宏大量的人;七、懂礼貌、知廉耻的人;八、结交品行端正者,以宗教长老为友,远离品行不端的人。'

　　"嘎姆·久艾听了母亲的教诲,表示感谢。接着,他对佛利萨说:'这次诽谤事件后,我对你更加尊重与信任了,你依旧恢复原职,服务下去! 我对你的慈爱和仁义不会有丝毫改变,不愉快的事不要放在心里呀!'

---

　　①　先知穆罕默德是真主的仆人和使者。

"佛利萨回答道：'大王！我每天去哪里找一个头颅和一条缠头巾呢?① 世上不缺少嫉妒者、中伤者和谗言者，未来还会有。这次幸运降临于我，性命算是保住了。但是未来难以预料，不知道敌人什么时候又会在您面前进谗言，也许您还会下令杀了我。所以，大王请接受我的陈述，让我说说心里所想吧！'

"嘎姆·久艾说：'说吧！你想说什么？'

"佛利萨说：'大王对我最大的仁慈，是把我看作您的心腹大臣之一，让我毫无顾虑。但是，您又很快地否定了我对您的忠诚和所有贡献，对此我十分害怕。现在，我要求辞去大臣一职。大王慈悲，让我在森林里平静安稳地过自己的生活吧！我隐居于森林之中，可继续为大王祈祷，这样我就不会再次招致对手的妒忌、诽谤、中伤、嫉恨和迫害，也不会再受国王的责难。'

"嘎姆·久艾说：'你放心吧！现在再没人能伤害你，谁再说你什么坏话，我都不会相信了。'

"佛利萨同意了，又极其认真、热诚地肩负起自己的职责使命。由于他的卓越功绩、真诚美德和忠心侍主，后来他又升到更高的职位。"

---

① 意指免于被杀和获得保护。

第十章
行为善恶的回报

拉艾·达比什里姆对婆罗门白德巴埃躬身施礼，接着说:"我听了嘎姆·久艾和佛利萨的故事,您在这个故事里详细地叙述国王和大臣之间产生的误会、宽恕和惩罚,使我受益匪浅。现在请您讲一个这样的故事吧!那就是如果有人无缘无故地伤害人和动物,他就一定会为此付出代价。"

婆罗门白德巴埃为国王祝福后说:"只有愚昧无知的人才会伤害动物。人如果分不清是非,就会因自己的无知而陷入迷途,就不可能预料到自己的结局。否则,凡是获得真主给予的智慧和辨识能力的人,在真主的安排下,无论如何不会有这样的行为。凡是自己不喜欢的东西,别人怎么会喜欢呢?哎,国王!请您记住,心存善念,多行善举,必有好报;相反,心存恶念,行为邪恶，必有恶报。因果报应迟早会到，播什么种子，就会获得什么果子，所以，期望获得好果子的人，他就得播下善良的种子。说到这方面，我想起了一个雌虎和猎人的故事。"

拉艾·达比什里姆问道："那是什么故事呢？"

婆罗门娓娓道来："在伊德利卜①有一片茂密的森林，那里树木高大翠绿，绿草如茵，还有一条清澈的河流。一头雌虎住在那里，她十分凶猛、残忍。她每天要做的事就是杀戮、撕咬和残害动物。野猫是她的仆人，他十分担心女王的血腥、残暴和凶猛行为带来恶果。他胆战心惊，心里总在打鼓：真主可别把辅助暴君的报应降在我身上。所以，他想着如何辞掉这份差事。

"一次，他边走边想，不知不觉地走进一片荒原。他在树林边上看见一只老鼠正在啃咬树根。树在痛苦地呻吟着：'这个暴君为什么在截断我的血管？为什么不让人类享受我的果实和荫凉？'老鼠完全不顾树的呻吟，继续咬着树根。突然，一条大蛇张开血盆大口袭来，咬住老鼠一吞而下。饱餐后的大蛇在树下打起盹来，霎时一只刺猬窜了过来，死死地咬住蛇的尾巴拖向

―――――――
① 现叙利亚伊德利卜市。

一边。大蛇急忙向刺猬反扑，但是一瞬间就被刺猬的刺扎成了筛子，挣扎几下便命归西天。刺猬不紧不慢地咬掉大蛇的头，接着吃掉他的躯体。

"野猫顿时好像看到了报应，惊恐地眽着眼前发生的一切，心想不知道接下来刺猬会有什么下场。突然，来了一只狐狸，他看见刺猬，馋得嘴里流出了口水，一下子扑了上去，揪住了刺猬的脖子，将其头身分家，然后心满意足地吃着刺猬的肉。就在狐狸嘴里刺猬的肉味还没有散去时，一只猎狗窜了出来，他抓住狐狸，撕扯着将他吞噬了。吃饱之后，猎狗找了一个角落，闷头大睡。

"野猫惊讶地看着发生的一切，他还继续待在那里，想看看冥冥之中还会发生什么事情。突然，一只老虎冲着猎狗嗖地蹿出，没等到猎狗察觉，老虎便把他咬死吃掉了。老虎的背后来了一个猎人，他看见老虎正专注地撕扯吞噬着猎狗，趁其不备，拔箭挽弓，对准老虎射了过去。只见飞箭穿过老虎的身体，顿时老虎瘫倒在地。猎人把他的皮剥下来，正要离开那里，迎面来了位骑士。骑士看见老虎皮，便喜欢上了，他向猎人索取虎皮，猎人不给。两人打斗起来，骑士把猎人砍成两段，拿着虎皮扬长而去。就在骑士走出不足百米的时候,他的马被绊倒,骑士摔倒在地,脖子折断,当即死去。

"看到发生的这一切,野猫感慨万千。他来到雌虎面前,要辞去职务。雌虎劝说:'在我的庇护下,你过着安逸的生活,吃香的,喝辣的,为什么非要离开我呢?'

"野猫回答说:'哎!女王!我斗胆说出这一切,知道会性命不保,但我又无法掩饰。如果大王保我不死,我就把实情都说出来。'

"雌老虎答应保他不死,并给予各种安慰。于是他说:'女王,看到您伤害真主的造化物,伤害数千颗心,把他们当作供自己欺凌的对象。我担心某天因为我是您的助手,而让我成为真主惩罚的对象。'

"雌虎听罢,只能压住心中的怒火。她心想:已经保他不死,还能对他做什么呢?只能忍受。接着她说:'对我暴虐的惩罚不需要你来承担,你干吗要走呢?你向谁学得如此善良和仁慈呢?'

"野猫回答道:'智者说过:世人行善意,来世会得到回报。人类做的好事与坏事,都会得到回报。而且今天我目睹了这一切。'

"然后,他从头至尾把老鼠、蛇、刺猬、狐狸、猎狗、老虎、猎人和骑士的故事说了一遍。但是,雌虎仗着自己的力量和威风,把野猫的话当耳旁风,认为这些只是传说故事而已。

"野猫见雌虎对他的话无动于衷,便辞职走了。雌虎紧跟在他身后,想伤害他。野猫察觉到,便纵身跳进树丛里躲藏起来。雌虎只得无奈地跑过。

"雌虎跑过一段后,看见母鹿的两个幼崽正在荒野中寻食,母鹿守在旁边。雌虎想杀了小鹿,这时母鹿央求道:'哎,森林之王!猎取孩子们你会得到什么呢?他们的肉都不够你塞牙缝的,而我会因为失去孩子哭死过去。不要让我因失去孩子遭受煎熬。你也有孩子吧!设身处地想想,如果他们也遭受这样的事,那你会怎样呢?'

"雌虎也抚育着两只幼崽,爱孩子如命。但是,雌虎不顾母鹿的哀求,结束了两头小鹿的性命。同时,猎人抓住雌虎的两个孩子,剥了皮。在母鹿因失去孩子而痛苦万分时,野猫来到她身边询问原因,母鹿说出了一切。野猫安慰她说:'不用多时,雌虎就会为此而得到报应。'

"雌虎回到家里,看见两个被剥了皮的孩子的尸体,朝天咆哮着,震惊了森林里所有的飞禽走兽,顿时引起了轩然大波。雌虎的附近住着一头豺狼,他早已对世俗世界灰心丧气,过着简单知足的生活。听到这个恶讯,他也来到雌虎家吊唁。他劝说道:'要忍耐呀!要节哀呀!世上本无情,对谁都不公。控制好自己,忍耐和安静地生活!听我劝,好吗?'

"雌虎的焦躁少了许多,这时豺狼说:'哎,女王!世上之事有始便有终,都是前定的。生命之后,死亡必然要来,当死亡来临的时候,我们连眨一下眼睛的功夫都没有。所以,每个痛苦之后便是快乐,每个喜庆之后就要准备接受痛苦。面对真主赐予的命运,应该低头接受,痛哭没有丝毫的用处。'

"雌虎说:'你所说的一切都在理,但是,我不明白我的孩子怎么会遭遇如此大的劫难?'

"豺狼回答道:'这劫难是您带来的,因为您对别人怎么样,老天就会对您怎么样,这就叫报应,是千真万确的宇宙法则。您杀死了鹿的幼崽,老天就要抢走您的孩子。如果您未来还是这样嗜血和暴虐,比这更大的劫难还会降临在您身上。所以要厚道、善良,不要伤害有生命的人或动物,因为折磨别人的人永远得不到安宁。'

"雌虎听了这些规劝,终于明白:暴虐和欺负人的结局除了失败、伤害、痛苦之外,别无其他。她在心里想：现在我已到暮年，面临着最后的旅行①，最好为最后的旅行准备些食粮②，抛弃残忍、暴力和嗜血，填饱肚子就好，少考虑得失，从生活的琐事中解脱出来。

"想到这里，她决定完全抛弃嗜血和食肉的习惯，以水果为生。这反倒让豺狼担心了，他想：如果让她这样下去，那我们一年的食粮十天就让她吃完了。他找到雌虎，说：'世界之女王，近些日子在做什么呢?'

"雌虎说：'远离世界，沉浸在向真主的祈祷中。'

"豺狼说：'不! 不! 世界之女王，不要这样。您目前的生活方式，比您原先吃真主创造的动物带来的伤害还要大呢!'

"雌虎问道：'怎么回事儿? 我现在既不玷污自己的嘴，也不去折磨任何人，怎么会给别的生灵带来伤害呢?'

"豺狼说：'您抛弃自己的食物，开始吃不该您吃的、别的动物的食物。此外，即使这座森林里所有的水果都成了您的食物，那也仅仅够您吃十天的。那些以水果为生的动物就都会饿死，他们的劫难就在您的嘴

---

① 指死亡后去另一个世界。
② 指做善事。

上,很可能您会在这个世界得到这个劫难的惩罚。原先您的暴虐已人人皆知,现在您的禁忌也传遍天下。在这两种情况下,其他动物都无法逃避您的暴虐,这是什么苦行僧的生活呀!您如今还是像以前一样贪吃,追求口欲。而当您走上修行之路,就应该追求精神上的快慰。'

"雌虎听了豺狼的话,便放弃了吃水果,仅以草和水为生。剩下的日子,她在祈祷和修行中度过。

"这个故事给人的最大启示是:如果一个人没有品尝过被残暴对待的滋味,就想象不到施暴给别人带来的痛苦。当一个人自己做了一件事后得到应有的惩罚,遭遇劫难,那他就会明白分辨是非。雌虎得知自己的两个孩子遭猎人的猎杀,是她杀死母鹿的两个幼崽而得到的报应,这时,她才憎恶自己的嗜血和暴力。

"智者说得对:你不喜欢对自己和自己亲人做的,对别人也千万不要做。"

第十一章
期望过高，反失看家本领

　　拉艾·达比什里姆听完这个富有哲理的故事，说道："哎，口若悬河的婆罗门，您讲述了一个行为不佳的雌虎的故事，阐述了因果报应的哲理。现在请您讲述与第十一个忠告有关的故事，这个故事讲道：为了获得更多利益，不安心做适合自己的工作，偏要寻求做自己做不到的事情，其结局等于自找毁灭。"

　　婆罗门白德巴埃说道："陛下！真主保佑您万寿无疆！前人说过：每件事都已确定有人去做，每个机会都有适合的人。所以，每个人都应该知道真主赋予自己的职责，努力做好，做得出色。凡是欲望多的人，他会放弃自己原先的职业，执意去做自己不擅长的事。丢掉祖传的手艺，必将遇到阻碍和困难。所以人必须坚定地做自己擅长的事，不要为了获得更多利益，而把欲望之手伸得过长，否则他的结局不会好。关于这方面，我来讲一个说希伯来语的修行者和贪婪客人的故事。

"在曲女城①有个十分虔诚、奉行禁欲的修行者，他专注于祈祷和修行，远离世俗世界。真主给予他的所有财产，都被他用来招待路过之客。

"一天，一个旅行者来到他的小茅草房②里。这位修行者十分热情地迎接了旅行者。谈话间，修行者问道：'您来自何方？为什么而来？将去哪里？'

"旅行者说：'我的故事既冗长又伤心，具有教育意义，您想听的话，我这就讲给您听。'

"修行者说：'好的，请讲吧！对所有人来说，听听受教育而又真实的故事都十分有意义。'

"旅行者说：'先生③，我是欧洲人，在那里做烤馕。我期望多挣些钱，但日子太苦了。我认识一个农民，他给我的商店提供粮食，货款都是过后来收取。一次，他把我带到他的田地里，热情地款待我，之后他问我："您开商店能有多少收益？能有多少钱进项？"我告诉他

---

① 印度古代城市，今印度北方邦之城卡瑙季。
② 指托钵僧或修行者住的茅草房。
③ 伊斯兰教对先贤、苏非圣贤的称呼。

说:"我这个商店里所有的钱加起来只有 20 海瓦尔^①，也就是说，可买 190 曼^②麦子。我从中获点小利，养活老婆孩子。"

"'农民说:"天啊！这哪够呀！我还以为您的收益一定不错呢！"我问道:"先生，您是做什么事的呀？收益如何？"

"'农民说:"我投很少的钱，但收益不少，撒几颗种子就能有收获。这没有什么奇怪的，种庄稼会带来很多收获。就如机灵的人所说：zar′^③三个字母为'农'，它的前两个字母意思为 zr，也就是金子，而最后的字母 ra′也有'富有'的意思。"

"'听了农民的话，也了解到种田的收益，我一直在心里盘算着种田。于是，我关闭了商店去种植庄稼。我居住的地方还有一位托钵僧。他知道我的事情，把我叫去劝说道:"真主让你做的事，你就安心做吧！不要有太多的奢望，否则不会有好的结果。贪婪带来的永远是羞耻，知足才会有尊严和安宁。"

---

① 重量单位，相当于 300 千克。
② 重量单位，1 曼约合 80 磅或 40 赛尔，1 赛尔约合 1 千克，190 曼约合 7 600 千克。
③ 阿拉伯语，意思为"农"，由三个字母拼成。

"'我说道:"我做这个生意赚不到钱,生活很艰难。所以我现在要去种地,也许种地会给我带来好日子。"

"'托钵僧说:"我担心你能否干好这个新的职业,因为这件事需要出力,很艰辛。不要丢掉你现在所做的事,你对它已经十分熟悉。那些放弃自己原来做的职业,开始做自己不熟悉的职业的人,结果不会太好。就像那只水鸟遇到的事,他学苍鹰,放弃在水边啄食昆虫,跟在鸽子后边,结果陷入沼泽里,被一个洗衣工抓住而丢了性命。"

"'尽管有这些忠告,我对种庄稼的兴趣仍不减,还一直坚持自己的想法。我把所有的家产都花费在买地和置办农具上,播种之后就等待收获的日子。因为种庄稼不是每天都有收入,在这期间,我的一个孩子饿死了。当时我想,我做错了,但我要坚持等一年,一年后就可以收获庄稼。可每日的花销从哪里来呢? 为此,我借钱开了家烤馕店,还雇了一个烤馕工。我有时亲自坐在店里,有时去地里看看。过了不到两三个月,馕店的烤馕工坏了良心,他侵吞了很多钱财,馕店倒闭了。倾尽了我的所有家产的庄稼也欠收了。

"'无奈和惊恐之下,我来找这位托钵僧,对他说了自己家破人亡的经历——同一时间做两件事,种地和开店,两方面都遭受了损失。托钵僧听后笑了,说道:"同一时间做两件事的结果就是这样。"现在我明白了,我为自己所做的事感到羞愧。但是遗憾和后悔又有何用呢?剩下的一点钱财,还不够还高利贷的。最后,我觉得只能逃避,于是我跑了。多日后,我得到消息,我的孩子都已离开了人世,高利贷者占有了我剩余的家产。

"'现在,我回家已毫无意义,只好到处流浪,风餐露宿,在与托钵僧和贤士的结交中寻找安慰心灵的良药。

"'有幸遇见像您这样的修行者和智者,也许这样我的心会得到一些安慰。'

"修行者道:'从你的话语中看得出你的真诚,你经历了很多灾难和痛苦,但是,同时也得到很多教训,今后一定会过上安心的生活。'

"最后,修行者和旅行者两人住在了一起,他们对彼此的感觉很好。修行者懂得几种语言,希伯来语是他的母语。他的语言功底很好,还有雄辩的口才,不过他只有遇到特殊人群时才使用希伯来语攀谈。新来的欧洲旅行者很喜欢希伯来语,要求向修行者学习。修行者说:'没问题,把人从愚昧的黑暗带向知识的光明

是每个人的责任。但是，我感觉希伯来语和欧洲语言差别很大，你学习希伯来语会遇到很多困难，会白白浪费时间。'

"欧洲来的旅行者说：'努力就可以学会任何事情，我做好了努力学习的准备。为学到知识作出努力和付出艰辛，其结果必定皆大欢喜。'

"修行者说：'你坚持的话，那就在身心上做好努力的准备，我没有任何异议。'

"总之，旅行者向修行者学习了很长一段时间的语言。但是他不适应语言学习，尤其是希伯来语的语法、文字和文学，他都学得不好。

"修行者再一次劝导他：'你已经付出努力了，可你不适应学习希伯来语，还是不会说希伯来语。学习这个语言很难，你最好不要学了。还是把母语学好，使它达到更高水平吧！'

"旅行者说：'跟随长辈，不追求新意，就意味着愚昧和无知，所以我不愿意这样做。盲目的追求是魔鬼的枷锁，我喜欢追求探索新生事物。'

"修行者说：'我已尽力劝导你了。未来你做什么是你自己说了算，但是，我担心可别到最后你得到的只是失望和羞愧。现在你的欧洲语非常好，还可以交谈。

不要总讲希伯来语而忽略欧洲语，到头来希伯来语说不好，又把自己祖辈的欧洲语也忘了。你的情况很像这句话说的：乌鸦学鹅走路，忘记了自己是谁。做不适合自己的事是十分不明智的。你还是做自己从前做的事吧！可别在学习语言这件事情上遭受打击。'

"旅游者不接受修行者的劝告，结果就发生了修行者担心的事。没过多久，他就忘记了自己祖辈的语言，也没学会希伯来语。也就是'这个没有了，那个也没了'。

"这个传说故事对于国王来说，最大的启示是：在致力于王国的发展和人民的福祉时，一定要注意不要与有恶癖和无能之辈为伍，要多结交德性好和心底善良的人；无论从事什么职业，都要敬职敬业，为民族和国家服务。否则，从政治角度上会产生很多弊病，产业无法发展，国家经济会遭受重创。"

第十二章
宽容、慎重和忍耐的美德

拉艾·达比什里姆对婆罗门白德巴埃说:"哎,智慧的学者,抛弃祖传的职业,做其他事带来的危害,已经深深印在我的脑海里。现在请讲一下,对于国王来说,哪些习惯最有益于王国?请在第十二个忠告里举例讲述国王应该具备的宽容、慎重和忍耐的基本美德。不过,我其实心存疑虑,对于一国之君,知识、慷慨、勇敢也是最好的品德。也许您解释一下,可以消除我心中的疑虑。"

婆罗门白德巴埃回答道:"哎,地位显赫的国王,让真主保佑您的王国!请永远记住,在所有受赞赏的品德中,最好的就是宽容和忍耐。它们会让帝王变得伟大而令人敬重,使人民安居乐业。当然,对于国王来说,勇敢无畏、慷慨无私和宽容大度,这三个品德也都非常重要。但是,最高尚的是宽容大度。因为勇敢不是时刻需要的,生活里不是每时每刻都需要勇敢,慷慨是仅对下等阶层而言的,但是宽容在无论何种情况下都需要。请记住,忍耐和沉稳是国王美丽而迷人的外衣,宽容则是最无价的王冠。国王的旨意可以在他们的国家实施,人民的生命财产靠的是国王的勤政。所以,如果国王不用宽容和忠诚来装饰自己,那所有的人民就会与他为敌,他的狂躁和易怒会把人民推入痛苦的深渊。不管国王多么慷慨大度,或能够用勇敢的火焰把忤逆者和敌人烧成灰烬,但如果他不懂得宽容,那他所有的慷慨大度就会付之东流。他打死一个敌人,就会出现千万个敌人。相反,如果他缺少慷慨和勇敢,但会通过宽容弥补,那么就可以慰藉人民和军队。

"与此同时不要忘记,没有忍耐的宽容是有瑕疵的。因为如果一个人懂得宽容,但缺少忍耐和沉稳,那必定要犯低级错误。国王应该在宽容的时候不带有私欲,生气的时候不要成为魔鬼在人间的代理人。因为发怒是魔鬼的火舌,其结果永远是后悔莫及。与之相反,宽容和忍耐是众使者①共同的善良品德。

①　指伊斯兰教使者。

"人们曾要求长者用最容易被记住的话来形容好德行。他说：'走出横暴无礼，方有仁政礼仪。'但也要记住这一点，每个国王都需要一个善启迪、有智慧和有谋略的御用大臣，这样即便国王要施暴政、专制和蛮横，御用大臣也会通过奉劝将他拽回到仁政的道路上，让国王懂得在真主的恩德感召下，在臣子辅佐下，勤勉做好国家之事，终究会得到真主的欢喜和称赞。为了证实这些有谋略的话语，我想起一个印度国王的故事。"

拉艾·达比什里姆问道："是怎样的故事呢？"

婆罗门开始叙述道："在印度的一座城市里，有一个名叫黑波拉尔的国王，他富有、威武，还拥有一支强大的军队，在周边各国享有很高的声望。他有两个儿子，个个都是相貌堂堂的美男子，凡是见过他们的人，都为他们的美貌而惊叹。他们一个叫苏海尔·耶门尼，另一个叫马赫·霍德尼。他们的母亲伊兰·杜赫德①美丽绝伦。国王十分疼爱月亮般美丽的妻子和两个儿子，看不到他们，他便一刻也不得安宁，心里总是惦记着他们。

"国王有一个大臣名叫伯拉尔，那个时代的人都被

---

① 意为"伊朗女儿"。

他的智慧、谋略和口才所折服。国王还有一位缮写官，名叫卡玛尔，他不仅书写技艺超群，还能言善辩。

"国王有一头白色的令人生畏的大象，这头大象能撞山，可以把敌人的队伍撞得人仰马翻。当大象扑向敌军时，大鼻子可以拧断敌人的脖子。此外，国王还有两头健硕的骆驼，他们在沙漠里威风八面，可以一夜之间就跋涉到另一个国家。他还有一匹飞驰的骏马，这匹马只要得到主人的指令，就会飞跑起来。他还有一把柄上镶嵌着珠宝的利剑，闪闪发光，耀眼夺目。它是流血的云，它的光芒划过，犹如一道闪电，剑尖指向哪里，哪里便血流成河。

"国王十分喜欢大象、骆驼和白马，对宝剑更是爱不释手，总是随身佩戴，并在同龄的苏丹面前炫耀这些心爱之物。他的王国里住着很多婆罗门，他们膜拜梵天，背离真理误入歧途①，还企图诱惑信仰真主的人。国王三番五次制止和警告他们：不要去蛊惑信仰真主的人误入歧途。但是他们仍不肯罢手。国王为维护和扶持伊斯兰教教义，杀死了大约一万两千名婆罗门，捣

---

① 伊斯兰教把非伊斯兰教教徒称为异教徒，把教徒皈依另一宗教或信仰别的宗教称为误入歧途。

毁了他们的家园,关押他们的家眷,只大赦了四百名精通各种技艺的能工巧匠,并将他们安排在宫内。这些人心怀不满地为国王服务,暗度陈仓,伺机报仇,以报心头之恨。

"有一天夜里,国王正在沉睡,耳边突然传来可怕的声音。他睁眼四处望去,没发现什么,于是倒头又睡。他在睡梦中看见两条红鱼,红鱼浑身发出光芒,耀眼夺目,国王无法睁开眼睛。红鱼用尾巴站立起来,对他说:'欢迎!'国王睁开眼朝四周扫了一眼,又睡着了。

"第二次,他在睡梦中看见两只斑斓的水鸭和一只大鹅,从他的身后飞到他面前做祈祷。国王再次睁眼看去,感到十分诧异,但过了一会儿又睡着了。这次他看见一条绿里带白黄点的蛇盘在他脚下。他吓得睁开双眼,惊恐万分。但是,过了一会儿,他又进入了梦乡。这次他在梦中看见自己从头到脚鲜血淋淋,在极度不安和恐惧中,国王叫出声来,他想呼叫仆人,但是困得又昏睡过去。

"这次他看见自己骑着一头骆驼朝东走去,身边只跟着两个随行的士兵。孤独让他醒过来,但是困意再次袭来,他又合上眼睛。这次他看见自己头顶上有团燃烧着的火,四周一片火光。他惊醒了,但是困意再次袭来。第七次，他又处在梦中，看见一只鸟儿蹲在他头上，使劲地啄着。这下国王再也无法忍受，他尖叫着坐起来，大声呼叫着仆人。

"仆人们听见喊叫声，急忙跑过来站在他面前。国王打发他们回去，自己心里思忖着：我做了这么多噩梦，应该让人来解释梦的吉凶。他就这样彻夜辗转反侧思考着。清晨，他把朝廷里的婆罗门叫来，他们都是解梦大师，能明晰地分析每一个难题。婆罗门看见国王满脸忧愁、恐惧和手足无措的样子就明白了——一定发生了大事。国王对他们讲述了自己梦中所见，他们双手合十说道：'陛下，直到今日，可能不曾有人做过这样光怪陆离的梦！如果不经过深思，很难分解。'

"经过短暂磋商，他们认为不查看经典不能对这些梦作出正确的分解。他们请求国王给他们一些时间，国王应允了。

"这些人离开王宫，聚集在一起商量起来。他们邪恶的心里产生了报复的念头。他们商量道：这个暴君和不公正的人杀了我们民族的人，抢掠我们的财富，今天落到我们手里，我们应该对他进行报复。我们在为他解梦的过程中恐吓他，告诉他：'您遇到的七个问题，每一个都生死攸关。躲过这些危险的唯一方法是：挑选几个大臣和心腹,用您那锋利的宝剑杀了他们,外加很多马匹和骆驼。把他们的血放在一个大浴盆里,让国王在里面坐一会儿。这期间,我们一直诵读经文。然后,国王从浴盆出来,用清水沐浴,在身上涂抹油脂,之后就可以放心地回到朝廷上。这样,他的心腹、孩子和效忠他的人都死于他之手,他身边没有朋友和助手,结果就可想而知了。'

"经过商量之后,他们来到国王面前,按照事前谋略好的,把梦兆说得神乎其神,还说了如何才能躲过灾难。听罢,国王十分紧张,他心惊胆战地说:'先解梦,之后再想躲过灾难的方法。'

"婆罗门双手合十说:'两条以鱼尾站立的鱼是您的王子,盘在您脚下的那条蛇是王后伊兰·杜赫德,两只斑斓的水鸭和大鹅是陛下的白象和骆驼,陛下头顶上的那团大火是伯拉尔大臣,那只在国王头上的鸟儿是缮写官卡玛尔。陛下看见自己从头到脚都在流血,这意味着锋利的宝剑将会挥动在陛下的头上,您自己的鲜血将把您染红。现在能够解难的办法就是:陛下用这把宝剑把两个王子、他们的母亲、大臣、缮写官、大象、骆驼和马匹都给砍了,从他们每个身上取一点血放在一个大浴盆里,掺上水,陛下坐在里面。我们在这期间不断地诵读经文,而后对着吹过去,再用这血在陛下的额头上写上咒语,把血涂在肩膀和胸前。三个小时后,用泉水把陛下洗净,再涂上油脂按摩。而那些被杀死的人的尸体都要砍成小段儿后深埋起来。这样灾难就会消失,陛下就会安然无恙。'

"国王听了婆罗门的解梦,十分郁闷,说道:'倒霉鬼! 如果没有让我看着舒服、心情愉悦的老婆孩子,我活着有什么意思? 没有了效忠于我和王国的这些大臣,那王国还有谁可以依靠? 我不要这样的生活和安逸!'

"婆罗门双手合十说道:'陛下的生命最珍贵,为此哪怕牺牲上千人的性命也在所不惜。如果龙体安康,那妻子、孩子、大臣、缮写官、大象和马匹还愁没有吗? 最宝贵的是陛下的生命!'

"国王听了那些人的话,心情无比沉痛,回到宫内卧床不起。国王的苦闷和痛楚很快传遍了朝廷,大臣们个个忧心忡忡。伯拉尔大臣想:如果直接去找国王询问原由,那可能不妥,有悖皇家礼仪;如果保持沉默,那就违反忠诚和职责。最后,他找到伊兰·杜赫德王后,施过皇家礼仪后说道:'美丽的王后,自从我入朝辅佐国王,国王对我无话不说,大小国事都与我商量。但是,今天他愁容满面,痛苦万分地独自坐着发呆,没有人敢上前询问。您是美丽而尊贵的王后,是国王的心腹和心爱之人。您去询问一下,了解真实原委,然后跟我们说说,我们也好尽快想办法解决。我怀疑是可恶的婆罗门使用了欺骗术,蛊惑国王做些匪夷所思的事。如果不马上纠正,其结果只能是懊悔,不然还能有什么呢?'

"王后伊兰·杜赫德说:'这几日国王和我闹别扭。他忧心忡忡,愁容满面,我去见他恐怕不妥。'

"大臣劝说道:'美丽的王后!夫妻之间总会有摩擦,别扭也是爱的礼物。这时候只有您能去见国王,别人谁都不敢出现在陛下面前。我常常听见陛下说:每当郁闷的时候,伊兰·杜赫德一来,所有的不快就会化为快乐,见到她,我心中的郁闷就会消失。所以,请王后速去面见陛下,用良言宽慰,请他息怒。'

"于是,伊兰·杜赫德来到国王面前,她柔情地问道:'臣妾愿为您去死。陛下为何事忧心忡忡?如果婆罗门对陛下说了些什么,那就对效忠于您的大臣略示一二,可别把事情给耽搁了。'

"国王吟诗道:'如果你敢听,我就倾述衷肠。听后你会痛苦万分,所以最好还是别追问了吧!'

"王后说:'为了陛下的安危,我们愿意应对各种灾难。'最后,在王后的坚持下,国王告诉她:'夜里我做过几个可怕的噩梦。为了解开这些梦,我询问了婆罗门。那些遭诅咒的家伙提出破解这些梦的建议——让我用宝剑刺死你,砍杀两个儿子、大臣伯拉尔、缮写官,连同大象、骆驼和马匹。'

"王后伊兰·杜赫德听后大为震惊,吓得魂飞魄散。顿时,她双眼发红,泪水盈盈。不过她立即控制住自己,机警地说:'像我这样的人,哪怕有一百条命都可献给陛下,都无关紧要,陛下不要伤心。但我一定要说,不要盲目相信那些叛逆的婆罗门。您要做的事,一定要想好了再做。杀死一个人非常容易,使一个人复活却万万不能。请陛下别忘了,这些叛逆者永远不可能是朋友,更不可能为您祈求幸福平安。宗教长老说过:永远不要期望本性恶劣的人会付出善意和忠诚。这些遭诅咒的家伙的解梦就是为了报仇,要报您杀了他们族人的仇,他们企图通过您的手杀了自己的儿子,想使陛下无子嗣,让陛下失去总理大臣、缮写官和为国王驮重物的大象、骆驼和马匹,使陛下孤独无助。从此,他们就能控制您,国家就会被颠覆。我不是为自己说话。陛下可以得到很多像我这样的女人,但是失去子嗣、效忠国王的大臣和为皇家驮运物资的牲畜的损失不可弥补,结果就是陛下会失去效忠者,变成孤家寡人。我就说这些，如果您觉得婆罗门的解梦是对的，您想干什么，那就赶快动手吧，别再犹豫了！如果您还想犹豫是否要采取行动，请允许我在您面前解开这些噩梦，以便弄清事实真相。'

"国王说：'我相信你的话，王后有话，尽管说来，朕会考虑的。'

"王后伊兰·杜赫德说道：'智者卡利德文是博古通今的苏非大师，通晓各种秘诀，又具有美好的德行。他最近隐居在赫兹拉山，每日沉浸于真主祈祷中。他的虔敬、真诚和效忠毋庸置疑。如果陛下发一道圣旨，去咨询他，询问梦境的奥秘，让他来解梦，他定会虔诚地把真实情况禀告于陛下。如果他对梦境的解析也和婆罗门说的一样，那就没什么可怀疑的了，就按照他说的去做。但如果他的解析和婆罗门的不同，您就应该多加小心，应该按照忤逆之罪，给婆罗门以惩罚。'

"王后的这些心腹话，说得国王恍然大悟。国王当即策马加鞭找到卡利德文，告诉他自己找他的原因。卡利德文按照皇家礼仪迎接国王，之后十分诧异地说：'国王错就错在把这个秘密告诉婆罗门。不是每个人都能成为密友，婆罗门的解梦完全是欺骗。这些婆罗门既缺少知识，又无效忠之心，他们哪能被信任呢？陛下应该为这些梦感到高兴才对，这些是好运的征兆呀！您应该为此表示感谢，广施博济。因为这些梦兆同陛下的伟大、尊严和幸运密切相关。我现在就讲讲这些梦兆，揭穿婆罗门的阴谋诡计。

"'两条鱼以尾巴站立，是指那位从斯里兰卡山来的使节，他带着两头大象和四百勒德尔①的石榴色红宝石来见陛下；两只水鸭从后边飞过来，出现在陛下面前，那是两匹神速的快马被作为礼物呈送给陛下；骆驼的意思是，陛下会像闪电一般穿越各种困难；脚下缠着的那条蛇代表征服天下的宝剑；陛下贵体鲜血淋淋，其意是伽色尼国②送来的一套深红色的御袍；陛下梦中所见自己骑的白色骆驼，其意是体型巨大又十分珍稀的大象，是昌迪加尔苏丹遣使节朝贡送来的；陛下看见自己头上燃烧的火焰，其意是锡兰③国王呈送给陛下的一顶镶嵌着珠宝的王冠；一只鸟儿在陛下的头上啄着，其意是您和心上人会闹点小别扭，但无妨，会很快和解。您在一个夜晚连续做了七个梦，它的意思是，有七位使臣从不同的国家带来珍奇的无价之宝，络绎不绝地来

---

① 古代阿拉伯国家的重量单位，1 勒德尔等于 449.3 克。
② 阿富汗古国名。
③ 今斯里兰卡，1972 年以前称为"锡兰"。

面见陛下。陛下会因这些礼物感到愉悦和欣喜，王国的威望会大增。未来陛下不要再把那些无能和忤逆者作为心腹，凡是自己没有考虑好的事，就不要咨询任何人。'

"国王听过卡利德文详细的分析，来到真主的圣殿里①叩头感谢。他忠心地感谢高尚的智者，之后高兴地回到宫内。

"正如智者所讲，七天来，络绎不绝地有使节从不同的国家赶来，为国王送来了珍稀的和价值连城的礼物。诸般事件果然同苏非大师所说的一样，丝毫没有出入。第七天，国王把儿子、王后、大臣伯拉尔和缮写官叫到自己面前，说道：'朕错了，朕把梦中看见的都对诡计多端的婆罗门说了，如果不是真主的眷恋和王后伊兰·杜赫德的智慧，我们就彻底毁灭了。现在朕由衷地想把一些礼物赏赐给你们，特别是王后。'

"伯拉尔大臣说：'陛下，为了宽慰人心，应该给一些赏赐，特别是王后为此番事件做了很多，镶嵌宝石的王冠或者深红色霓裳中的任何一件礼物，由王后随意挑选吧！'

① 指清真寺。

"国王按照他说的颁布了命令。

"后宫有一个宫女首领，名叫布兹姆·阿芙鲁兹，国王很喜欢她。王后的美貌和贤惠无疑是万里挑一的，但是国王更喜欢布兹姆·阿芙鲁兹。每过两夜，国王就会去布兹姆·阿芙鲁兹那里就寝。他先把王冠赐给王后伊兰·杜赫德，然后派人叫来布兹姆·阿芙鲁兹，把御袍赐给了她。

"这天傍晚，国王来到王后伊兰·杜赫德的宫内用膳。王后经过精心的梳妆打扮，头戴王冠，楚楚动人地站在他面前。国王正倾心看着王后的美丽时，布兹姆·阿芙鲁兹穿着深红色的御袍从此经过。国王看见她，便放下餐具，情不自禁地朝她走去，夸赞她的美丽。由于爱得神魂颠倒，他竟然说出：'戴在伊兰·杜赫德头上的王冠，如果戴在布兹姆·阿芙鲁兹头上会是何等的美丽醉人啊！'

"这有损尊严的赞美在王后的心里点燃起一团烈火，她大为不悦，强烈的痛苦和羞耻使她失去理智，米饭盘子不小心从手中滑落在国王头上，国王的脸和头发上都粘满了饭粒。智者卡利德文曾解析的梦的含意得到了证实。国王盛怒，他唤人把伯拉尔叫来，先数落了一番王后的无礼，之后下旨道：'把她拉出去砍了，让

她知道自己是谁，她的罪行决不可饶恕！'

"伯拉尔把王后带了出去，在心里思忖着：仓促做事不好。这样的女人，她的美丽和魅力都无可挑剔，而且她的智慧也无人可比，国王可能很快就会想起她来。此外，这个王后拯救了很多人的性命，所以，这件事要三思而后行，等几天再遵命执行也不迟，也许国王过几天就会后悔。

"想到这里，大臣把王后藏在自己家里，对所有的人说：'你们都要维护王后的尊严，对王后的照顾绝不能有半点差池。'接着他将鲜红的血迹染在宝剑上，来到国王面前，禀报道：'陛下的旨意已经执行。'

"没过几天，国王消气了。他十分羞愧和痛苦，心里不断地责备自己：这事做得多愚蠢呀，我应该宽容大度和慎重行事！大臣从国王的脸上看出他的懊悔和不安，拱手陈述道：'国王不应该烦恼，因为死人无法重生。让人知道国王先前下了一道旨意，之后就立即懊悔，这样有损您的威望。但是陛下饶我不死，我就说一句话：赐与世界财富和末日幸运的是宽容和慎重，凡是能压抑住情绪的人，他从不会后悔。'

"国王说：'朕确实做错了。一气之下发布这个不幸的旨意，我怎么这么轻率呢！但是你也没少做错事

呀！你这么匆忙，没加思考，就把这么宝贵的人给杀了！'

"大臣回禀道：'为了一个女人，不值得这样伤心，国王后宫有佳丽无数。'

"国王长叹一口气说：'像伊兰·杜赫德这样的女人上哪里找呀？遗憾将使我抱恨终生！'

"大臣回答道：'陛下，有三种人总被痛苦纠缠着。第一种是喜欢伤风败俗的人，第二种是有力量和能力而不做善事的人，第三种是不经过思考就轻率做事，之后又后悔的人。'

"国王说：'哎，伯拉尔，你也毫不犹豫就把她处死了！因为你的错误做法，她被杀了。'大臣回答道：'这同轻率有什么关系？我是执行陛下的圣旨。如果要追究责任的话，只能追到陛下那里。'

"国王说：'算了，别说了！想想办法吧！与她的别离让我心情糟糕透顶。'

"大臣说：'现在后悔有何用？难过也没有用。做事不经过三思的结果就是后悔。现在后悔有何用？就当鸟儿把田里的粮食都啄光了。'

"国王说：'我下令太仓促，你执行得也太快。这让我痛苦自责。'

"大臣说：'三种人常常使自己陷入痛苦之中。第一种是在战争中不小心受伤；第二种是没有继承人，还要非法敛财，活着就要遭受灾难，死后所有的财产也没了；第三种是同不安分、不贞洁的女子结婚，很爱她，而那女人每天都在诅咒他快死。'

"国王说：'不论如何，你的这次行动使你蒙羞。'

"大臣说：'羞耻只同两种行为有关，一种是把自己的财产寄放在外人家里，另一种是把某个蠢人当作自己和敌人之间的仲裁人。我的行为不属于这两种，我仅是执行国王的圣旨。'

"国王说：'伊兰·杜赫德的死让我痛不欲生呀！'

"大臣说：'为四种女子悲伤最为值得。第一种是高贵、仁慈、优雅和贞洁的女子，第二种是聪慧、忍耐、真诚和善良的女子，第三种是接受事物、接受忠告、人前人后都仁慈的女子，第四种是无论顺势还是逆势都同丈夫同甘共苦、同舟共济的女子。伊兰·杜赫德无疑是集所有美德于一身的女子，国王为这样的女子痛心是值得的。'

"国王生气地说：'哎，伯拉尔！你的话太过分，你的大胆和无礼都在无视皇家礼数。看样子，我应该远离你。'

"大臣说：'远离只对两种人合适，一种是善恶不分、不在乎好坏报应的人，另一种是不远离非法或消遣

之事的人。'

"国王说:'难道我在你眼里是低贱和无足轻重之人? 你竟敢和我这样说话?'

"大臣说:'大人物在三种人眼里是低贱和渺小的。首先就是无礼和放荡不羁的人,这种人每时每刻和主人待在一起,连进餐,比如早餐,也在一起,主人拿他开心取乐,甚至不惜说些下流话;第二种是一些特殊的仆人,他们觊觎主人的财产,甚至控制霸占着,他的财产比主人还要多,而且四处炫耀;第三种是无能却被主人信任之人,他以知道主人的一些秘密而洋洋得意。'

"国王说:'我曾考验过你,真是白白考验了。还不如我没考验过你!'

"大臣回答道:'八种人在八种情况下应该经受考验,一是勇敢者在战场上经受考验,二是农民在耕种时经受考验,三是长辈在发怒时经受考验,四是商人要经受查看账本的考验,五是朋友要在关键时经受考验,六是绅士要在贫困和衰败时经受考验,七是修行者要看他为最后的道路所积攒的考验①,八是学者要在演说和辩论中经受考验。'

---

① 指"为去另一个世界(死去)积德做好事"。

"总之,国王越是说些逆耳和埋怨的话,大臣越是针锋相对。国王只能宽容,品尝忍受的苦酒。最后,大臣施跪拜礼拱手说道:'感谢真主! 您像很多国王一样表现出宽容和忍耐。我所说的一切都是出于检验的目的。尽管您强大而具有威严,您还是能宽容我的无礼。现在您饶我不死的话,我承认自己的过错。我的过错是: 没有按时执行陛下的旨意,没有处死伊兰·杜赫德。'

"国王一听到王后还在人间,立刻转忧为喜,激动得满眼放光。他说:'我当初就期望你的忠诚和效忠,料到你不会轻易执行那个命令的。但是你刚才说的那些话,就仿佛你真的杀了伊兰·杜赫德,令我十分诧异。像你这样明智、机警、聪慧和忠诚的人,怎么会那样做呢?'

"大臣回答说:'我之所以没马上执行陛下的旨意,是想看看陛下的性情。如果您不后悔,不遗憾,坚持自己的命令,我再杀了伊兰·杜赫德也不迟。'

"国王说:'你的智慧、悟性、深谋远虑和忠诚,我已经完全领教了。如今我更信任你,你会因才能和忠诚得到奖赏。现在你快去吧! 替我向伊兰·杜赫德请求原谅!'

"伯拉尔大臣直接来见伊兰·杜赫德,把这个免死的好消息告诉给她。伊兰·杜赫德立即来到国王面前,施过皇家礼仪,感谢国王不杀之恩。

"国王说:'你应该感谢伯拉尔,他的智慧和机敏保住了你的性命。'伯拉尔说:'因为我十分相信陛下的仁慈和皇恩,所以没有马上执行圣旨,否则对于奴仆来说,执行国王的旨意是无需犹豫的。'国王说:'哎,伯拉尔,你的权力和职位会比以前还高。'伯拉尔回答:'陛下对我的皇恩和赏赐已经很多了,我无法表达感激之情。不过。我有一个要求一定要跟陛下说,那就是:未来陛下无论做任何事,都要慎之又慎,对要下的旨意,都要多加思考。'

"国王赏赐王后和大臣昂贵的礼袍,并举行了一场庆典晚会,之后招集朝廷官员会审婆罗门的案子。智者卡利德文也被邀请参加这次审判。在提出审判的意见之后,国王邀请智者卡利德文说:'请贤士来宣判婆罗门案。'

"智者卡利德文宣布:把他们都摁在大象的脚下碾死,使忤逆者和王国的敌人罪有应得。

"之后,国王把王国的一切政事交给大臣伯拉尔,由他主持。自己带着王后伊兰·杜赫德过着悠闲的日子。

"从这个故事得到的忠告是:人类既要有尊严,又不能缺少宽容,应该学会慎重做事。做事不要操之过急,要三思而行,稳重和谦让能变敌为友。"

第十三章
躲避忤逆和不忠不义者

拉艾·达比什里姆听了婆罗门白德巴埃讲述的有趣故事，心情愉快地说："毋庸置疑，宽容和慎重对于国王来说十分必要。现在您说说，国王应该召用什么样的仆人？什么样的人能更快地接受国王的栽培？"

婆罗门白德巴埃首先祝福国王无往而不胜，王国繁荣强大，接着说道："国王应该在召用奴仆之前好好地考察他们，考察他们的谋略、诚实和效忠，最主要的是要看他们的自律、能力、忠诚和信仰。为国王服务的重要条件是忠诚，没有诚实就不能信奉真主、敬畏真主和忠诚于真主，智慧的来源就是信奉真主。如果国王的仆人敬畏真主，他定会效忠国王，与此同时他会监督百姓，并竭力勤政。虚假和不正派的仆人一事无成，永远不要相信他们，否则会遭到致命的伤害。"

拉艾·达比什里姆说："请详细地讲解一下其中的原委，要如何改造一个卑贱者？如何培训，他们才能最终回到人的本质上来？他们是否会把栽陪人也拖下水呢？"

婆罗门白德巴埃回答道："哎，国王！既然您询问详细情况，那我就来说说。

"侍奉国王的奴仆必须具有三种优点。第一是严守秘密，这是真主和真主的仆人最喜欢的，没有这一点，任何人都不配成为国王的亲信和心腹大臣；第二是诚实、正派，因为没有比谎言更罪恶的了；第三是出身名门望族，且有胆有识，因为下贱和没有胆识的人不懂得奖赏的价值，会见风使舵。国王应该十分看重仆人的人品，好好地检验他们的谈吐风格、行为举止，否则会后悔莫及。总之，国王的心腹必须是有信仰和忠诚的人，因为他们掌管国家大事。如果其中一个是忤逆者或不忠不义的人，同时又是国王的心腹，那不知会有多少无辜者受害，国王的这艘船也就濒于沉没。关于这方面，我想起一个金匠旅行者的故事。"

拉艾·达比什里姆问道："是什么故事？"

婆罗门说："在伊德利卜国有一位名震四方的国王。世界上很多王国都向他纳贡，对他十分顺从，他可谓是常胜将军。他有一个女儿，体态优美，貌如天仙。她的脸颊就连明亮的月亮和太阳都自愧不如，她黑夜般漆黑的鬓发散发出阵阵香气，世人都为之倾倒。国王十分疼爱她，在溺爱中把她抚养成人。

"一天，国王需要找一个金匠为她打首饰，于是找来全城最好的金匠。金匠是一个很有情趣和善于言辞的年轻人，他的风趣、能说会道很快赢得了国王的欢心。国王经常传唤他进宫，他风趣的话语总会博得国王的笑颜，慢慢地，他成为经常出入宫殿的人。国王的女儿也被他的甜言蜜语所迷惑，常来听他讲故事。

"国王的一个大臣头脑清醒，心思缜密，富有远见，人又忠诚。他见国王对金匠过于关照和友好，一日看准时机，劝说国王道：'之前的国王从不会让工匠进宫，不会见他们，也不和他们亲近，从不重视他们，也从不把他们当作知己；陛下在没有考察这位金匠的能力和忠诚的情况下，就把他看作知己和心腹，这样有点欠妥。我的意见是，这个人从出身和道德修养上看，都属于平庸之辈，因为他谈吐总离不开残暴和伤害。他不分场合，甚至不分好坏，口无遮拦，过于放肆。这样的人不是忠诚的人，不笃信真主，也不是正直的人。我发现，每当大王想奖赏手下人的时候，他的心里就像有条蛇在翻滚。智者说,卑微者和低贱者的特征是,看不了别人好,也听不得别人受到称赞。国王应该少见那些卑贱的下等人,多接见那些出身高贵、有胆识的人,甚至把他们视为自己的心腹。'

"国王说:'这个年轻人的长相单纯,给人好感。相貌好就是好德性的特征。尤如长老所说,从题目能看出文章的内容。我们的使者也说过,相貌好的人慈祥和善良。'

"大臣说:'相貌同智谋和理政毫无关联。常能见到有些人长相憨厚却是刽子手,有些人外表俊朗但经过道德的考验后发现是徒有其表。

"'一个智者说过:他偶遇一貌美男子,立即被吸引,把他当作好友。但是进一步接触时,他才发现他徒有其表,没有智慧。他十分遗憾地说:家很美,但却没有人气,但愿家里有人。我说这些的目的是,陛下要远离那些平庸之辈。'

"国王对大臣的话满不在乎,说道:'国王有真主保护,做什么,都是经过真主的授意,更何况每件大事的结局都是来自真主的灵感。精明能干同出身高贵没有关系,高超的手艺同高贵出身有何关系? 国王让谁做自己的心腹,他就是高贵的,就是尊者。一位深受尊敬

的国王的一句话是：我给谁尊严，谁就高贵；没被我看好的，他就卑微和低贱。'

"就这样，随着时间的推移，金匠的权力欲在膨胀，他跃跃欲试，开始搜刮民脂民膏。一次，他需要一些宝石为公主打造首饰，可是在皇家宝库里没找到，在首饰匠的商店里也没有。后来，金匠得知一个商人的女儿那里有这样的宝石，便派一个人去商人女儿那里索要，但遭到商人女儿的拒绝。金匠蛊惑公主说：'商人的女儿那里有这样的宝石，公主可从她那里拿来，她不给的话，公主就给她点颜色看看。'

"公主把商人的女儿叫来，向她索要宝石。商人的女儿把自己所有的物品都给公主看，并保证说：'公主听到的消息有误，我没有这样的宝石。'公主大怒，把商人的女儿摁在刑具上鞭笞至死。

"大臣把这一切禀告给国王。国王为女孩被迫害致死感到痛心。他担心自己的名誉受损，便请求商人原谅。为了宽慰他，还给了他赏赐。

"金匠害怕受到国王的责罚而逃之夭夭。王后将公主带到郊外的花园，准备等国王怒气平息后再带回宫内。金匠知道公主待在郊外的花园里，也来到花园，但是被公主痛骂一番赶了出去。金匠沮丧地朝森林走去,既狼狈不堪又茫然不知所措地到处游荡。

　　"森林里有一处猎人挖的陷阱,上边盖着干草伪装。一头老虎、一条蛇和一只猴子接连掉进陷阱。金匠路过此地,也掉了进去。掉进去的这四位都十分恐慌。几天后,一位旅行者路过那里。他看见一个年轻人和三只动物被困在陷阱里,赶紧把绳子扔进陷阱。猴子首先攀着绳子爬了上来,随后是蛇,再后是老虎。这些动物都为旅行者祈福,表示感谢。猴子说:'我住在城市边的山脚下,您若能来我家,让我有机会为您效劳,我将十分高兴。'老虎说:'我家在森林里,您什么时候路过,一定光临寒舍,也给我一个为您效劳的机会。'最后蛇说:'我的住处在城里,如果您能来我的寒舍,我将会很高兴,也让我对您表示感谢。现在您一定接受我的一个忠告:不必搭救这个人,因为他是忘恩负义的人,他将恩将仇报。千万别被他外表的美所迷惑,也不要被外表的丑陋所吓倒。这个人和我待了很长时间,我对他的秉性很了解,他没有人性,心术最坏。'

　　"旅行者没在意他的话,把金匠也从陷阱里救了上来。金匠感谢了旅行者,并邀请他有机会来自己的住处。旅行者说:'我现在在旅行的路上,等回到家后一定光临。'就这样,他们说妥后回了各自的家。

"一年后，旅行者游历了不同的城市，终于带着三千金币踏上回家的路程。路上，他突然想起来应该去见见猴子朋友再回家。他来到山脚下，本想稍作休息，却进入了梦乡。不料，半夜时分，来了两个强盗，把他捆绑起来扔进一个洞内，并卷走了他所有的财物。正巧猴子出来觅食，路过那里，听见旅行者的求救声，循声来到洞口。猴子看见恩人被捆绑着，快速为他解开绳子，询问道：'朋友，你是如何身陷囹圄的？'

　　"旅行者说出了发生的一切。猴子说：'朋友，现在你在这里休息，我去打探一下那些强盗在何处。'猴子从很远的地方摘来水果，让旅行者饱餐一顿，并且找了一个舒适的地方让他暂歇，自己出去寻找强盗了。

　　"强盗们拿着旅行者的钱财逃跑，夜间把钱财藏在腋下睡着了。清晨时，猴子发现了两个睡着的强盗。见有机会，他拿起金币袋子，找地方藏了起来，之后又返回，把其他物品拿走，分开藏好。强盗醒后发现金币袋子和其他物品都不见了踪影，四处寻找后也没找到，沮丧地拍着自己的脑袋说：'这一定是神仙的居住地，我们来错了地方，没死就算造化了，现在应该赶快离开这里。'强盗们拔腿便跑。猴子直接回到旅行者歇息的地方，说了寻找强盗的经过。清晨时分，猴子带旅行者来到藏东西的地方，把所有丢失的钱物都摆在了他眼前。旅行者谢过猴子，朝着回家的路走去。

"接着他走进森林，他的朋友老虎住在那里。老虎突然出现在眼前，吓得旅行者躲藏起来。老虎喊道：'朋友，你不认识我啦？'

"老虎把他带到自己家，非常热情地款待了他一番。老虎想在朋友临走的时候送些礼物，便出去寻找。老虎来到一座四方形的花园，看见一位公主独坐在水池边，脖颈上戴有一串昂贵的项链。老虎伸出虎爪拍死公主，取下项链，交给了旅行者。旅行者十分感谢，继续朝家走去。

"回到城里，旅行者想，已经见识了动物们的真诚与待客之道，现在应该检验一下人类的友谊了，还可以顺便让金匠把老虎给他的项链以合适的价格卖出去。清晨，他进了城。公主被杀之事在全城引起轩然大波，人们惶恐地跑向皇宫。金匠也从家里出来探听，正遇旅行者来访，便客气地把他带回自己家里，并倾诉自己生活的艰难。旅行者安慰他说：'不要紧张！王国处于暴虐无道的时代，物品遭到抢劫，这是常事。我在这次旅行中获得很多金币、首饰和宝石，你拿去验一下，以合适的价格变卖了。卖来的钱，你想拿多少就拿多少，

剩下的归我。'

"金匠高兴地看着首饰,一眼认出那条项链就是公主的。他的脸上露出一丝奸笑,对旅行者说:'这项链很贵重,会值很多钱。你在这里安心地坐一会儿,我去去就来。'

"实际上,他心里在想:如果不好好地利用这次机会,就没有比我更傻的了。国王已经迁怒于我,如果此时我把杀害公主的凶手献给国王,他一定很高兴,那我就可以恢复以往的地位。他当即来到国王面前,把项链呈送给国王,说道:'我捉获了杀害公主的凶手,只要您下令,我就把他带来。'

"国王看见项链,立即命令把凶手带上来。可怜的旅行者被强行带到国王面前。他疑惑地看着金匠,说道:'难道这就是我救你出来得到的好报吗?'

"国王命令:为警示众人,将罪犯全城游街,然后关进监狱,第二天法场赐刑。众目睽睽之下,旅行者被游街。蛇看见这一幕,认出自己的恩人,便紧随其后。旅行者被关进监狱后,蛇来到他跟前,问明情况后,说道:'我说过,那人的本性里没有忠诚,不知感恩,总是恩将仇报,你不听。你把这个卑鄙小人从陷阱里救出来那天,我就知道你一定会遭到不听劝告的惩罚。'

"旅行者说：'朋友，该发生的已经发生了，现在往伤口上撒盐又有何用？如果有办法救出我，就快点吧！'

"蛇说：'昨天我咬了太后一下，她现在生命岌岌可危，全城的人都没有法子救她。我告诉你一种草药，这种草药能医治太后的病。随后，我会让国王知道。'

"蛇说完就钻进了洞里。第二天清晨，他爬上阁楼，从一个小孔里喊道：'治疗蛇咬伤的药方在一个旅行者那里，他昨天被国王无辜关进监狱！'

"这时，国王正忧心忡忡地坐在太后的床头，这声音传到他的耳朵里，他下令道：'看看是谁！'

"人们四处寻找，却不见人影。国王明白了，他把旅行者从牢狱里提了出来。旅行者说：'陛下，我有治疗蛇咬伤的药方，太后吃了会立即康复。但是，我请求您听听我这个无辜者的申诉，还我公道。'接下来，他从头至尾把经历诉说了一遍。

"旅行者把草药掺入牛奶中，太后喝后当即康复。国王大悦，奖赏旅行者，赐给他昂贵的礼袍，并命令道：'绞死金匠！'之后，金匠被送上绞刑台。这就是搬弄是非、不忠不义和狡诈奸猾的结果。

"这个传说故事对国王选用人才方面颇有指导意义。如果伊德利卜的国王不把这个低贱和有恶习的金匠当作自己的心腹,就不会因公主的指令杀死一个无辜商人的女儿,老虎也不会伤害公主。所以,在用人方面,国王不经过考察就不该把任何人当作自己的心腹,否则他的结果就是这样了。"

第十四章
信天命，不要害怕时代的变革

　　拉艾·达比什里姆听了婆罗门白德巴埃讲述的故事，眉开眼笑，他说："我知道了同卑鄙人结交带来的危害。现在请您说出最后的忠告，告诉我：为什么智者、学者和圣贤常常被痛苦和忧愁所折磨，而文盲、无知和粗心人却过着愉快的日子？如果世俗世界不进步、不繁荣，那智者的知识没有用武之地，也无法证明文盲的蒙昧和愚蠢带来的阻力。请再说说，有什么办法获得利润而不遭受损失？人怎样能实现自己的意愿？"

　　婆罗门学者白德巴埃回答道："哎，国王！是否获得财富和辉煌取决于因缘。当有人因为某些原因获得真主的眷顾，他就配获尊严和辉煌。但是结果永远都在真主的掌控之下，每件事情的结果都得依靠真主。只要真主愿意，任何事情都会发生。正因为这个，很多具有各种知识和才艺的人还是被拮据和贫困所困扰，很多文盲和无能力的人却坐上国王的宝座。这里有一个很有趣的故事。"

拉艾·达比什里姆问道："是什么故事？"

婆罗门白德巴埃叙述起来："在罗马城里，国王有两个儿子，他们都多才多艺。国王去世后，大儿子掌控了父亲的所有财产，把大臣和朝廷官吏拉拢在自己身边，坐上了国王的宝座。弟弟看见王国被哥哥霸占，自己很可能因某种借口被杀，于是决定出逃，开启了自己的旅行之路。

"他沮丧、失望、焦虑地跋涉着，来到第一个驿站过夜，为自己的悲惨人生流泪。第二天清晨，他正准备继续向前走时，遇见一个青年人。这个青年人长相俊美，连月亮都自愧不如。这青年人与王子一起前行，现在他们是两个人旅行，两人搭伴不感到孤寂。第三天，当他俩扎营准备休息时，一个商人的儿子也加入了进来。商人儿子的智慧、理解力和精明能干无人可比，于是三个朋友一起旅行。第四天，当他们停下来扎营过夜时，遇见一个农民的儿子，他有力量，精通耕种，魁梧的身材也是千里挑一，他也加入到这个小队里。现在四个人一起旅行，离开祖国和家乡的痛苦也逐渐从王子心里消失。

"一天，他们来到纳斯道城，在城边安营过夜。他们的盘缠已经用完，身无分文。于是，有人建议：'现在我们应该用自己的知识和才艺来赚钱，相信可以在这个城市里过上舒服的日子。'

"王子说：'每件事都同真主有关联，人的努力没有用，所以聪明人不要追随世俗。'长相美貌的青年人说：'无论何地，美貌都会产生奇迹。哪里有美貌，财富和尊严就随之而来，成功会亲吻美貌。'商人的儿子说：'在交易的世界里，美貌没有任何价值，所有的意义和价值都是深思熟虑和智慧的结晶。好的策略、智慧能在一分钟内解决经济上的问题，能避开遇到的暗礁。'农民的儿子立即说：'智慧和策略不是处处都管用，不能总依靠智慧和策略。如果智慧和策略能解决一切问题，那智者和有谋略的人就可以有堆积如山的财富，到处都是他们的王国和朝廷。事实却相反，我常常看见智者穷困潦倒，相反，很多无谋无略的人拥有巨大的财富。'

"三个人对王子说：'您也在这个问题上表表态吧！'

"王子说：'我的看法就是刚才我说过的，但是我也同意朋友们的观点，即美貌、智慧和努力是有利的谋生手段。与此同时，还有一个观点也值得牢记，那就是：

没有真主的指令，任何事也不可能成功；没有真主所愿，想实现心愿也不可能。聪慧者有策略，手艺人有手艺，奋斗者要努力，都要感恩命运。只要他①愿意，不努力，没有策略，也会让我们飞黄腾达；如果真主不愿意，那智慧和才艺、努力和策略都无济于事，我们不会得到任何收益。'

"总之，整整一天，四个朋友就这般各抒己见。第二天清晨，耕种者的儿子对伙伴们说：'今天你们休息，我去试试。我会将所得到的都带回来，明天你们就会消除疲劳。以后我们挨个儿去考验自己的命运，用自己的策略出去挣回干粮吧！'

"大家都觉得他的主意很好。农民的儿子进城，来到一个地方，问道：'城里有什么可做的事？'有人告诉他，这些日子柴火需求量大，人们都用高价来购买。

"这年轻人爬上山，砍了一天的柴火，傍晚时带着一大捆柴火回到城里，以十个迪拉姆卖了。他用这些钱买回很多美食，分给朋友。在回城的路上，他在城门上写下了'一天挣十个迪拉姆'几个大字。

"伙伴们高兴地分享了他带回的食物。

---

① 指真主。

"第二天，他们对相貌姣好的伙伴说：'今天你挣点钱回来。用自己的美貌挣些东西来，朋友们也可以得到些花销。'那年轻人起身朝城里走去，他暗自思忖：'我做不了大事，可是不做点什么，不挣点什么，我怎么回去呢？这可怎么办呀！'想着想着，他来到城里一个胡同的拐角处，满面愁容地坐在那里。突然，一个美丽且富有的女人路过，她一见到这位青年人，顿时被迷住，甚至不能自控。女人对自己的侍女说：'想办法把那个面似皎月、天仙般容貌的男人带到我这里来！'

"侍女得到暗示，立即来到青年人跟前，说道：'我家女主人向你问好，并吩咐道：您新到这个城市，人生地不熟的，干吗要如此受罪呢？请来我家吧！在那里，您不会有任何难处。'青年人表示感谢，随侍女来到美女家。他一整天和美女厮混，傍晚时决定回去找伙伴。那女人给了他一百个迪拉姆。他出了城，在城门上写下'美貌一天值一百个迪拉姆'几个大字。

"第三天清晨，伙伴们对商人的儿子说：'今天你应该运用自己的智慧和精明来招待我们，看看你的精明能创造什么样的奇迹。'

"商人的儿子来到城门前，往那里一站，恰巧有一艘装有精品和珍稀品的船抵达那里。他买了一些物品,又以一千个第纳尔①的利润卖了,然后回去见伙伴。他在城门口写下'运用一天的智慧获得一千个第纳尔'几个大字。

"第四天,太阳冉冉升起,伙伴们对王子说:'您相信顺从、信赖和信天命,看看今天您能得到什么。'

"王子鼓足勇气朝城里走去。碰巧,城里的国王驾崩,人们忙于葬礼和哀悼,他走到一边坐下。门卫看见所有的人都在痛哭哀嚎,只有他一人不作声坐在那里看风景,便认为他是个探子而开始训斥他,王子一直强忍着。棺枢运出宫之后,王子还在那里站着,看宫殿的围墙。门卫更加生疑,于是抓住王子,把他关进大牢。

"这个国王没有子嗣。第二天,所有的朝廷命官来到议事大厅,商量王国接班人的大事。这些人讨论时,门卫进来报告说:'昨天夜里,我们抓到一个探子,他贼头贼脑地在宫殿周围四周溜达,行动可疑,恐怕是个探子。他可能有同伙,他们企图在这个关键的时候图谋不轨。'

"大臣命令把囚犯带进来。王子被带出牢房,站在众人面前。他们被他浑身散发出的皇族气质和俊朗帅

_____

① 第纳尔:阿拉伯国家流行的货币单位。

气的外表给震惊了，异口同声地说：'有这样气宇轩昂相貌的人不可能是探子。'他们对他十分恭敬，仔细盘问了一番。王子得体地回答了他们的问题，也说出自己的皇家身世。碰巧有几个大臣和贵族同王子已故父亲和祖先有过交情，他们认出王子，证实了他的真实身份。所有的朝廷命官都喜欢王子，一致赞同把王子拥戴为王储，表示向他效忠。王子坐上了宝座。他这么容易得到了一个王国，就是他相信的命运的安排。

"第三天，按照城里的习惯，新国王举行盛大的加冕典礼。王子来到城门口，看见伙伴们写过的字，下令道：'接着在那里写吧："美貌、智慧和策略的所有结果永远都是真主的安排。最好的例子就是这个人的故事，他夜里还被关在大牢，早晨就坐上了国王的宝座。"'

"之后，他把自己的伙伴叫进宫里。商人的儿子有智慧，又精明能干，王子让他留在宫内做官；王子给农民的儿子土地和资金，让他回家种地；王子赐给美貌朋友华服和赏赐，并吩咐道：'虽然离开你很难过，但是你住在这里不合适，因为你的美貌会迷倒女人，还会引起骚乱和淫荡之事。'

"接下来，他叫来朝廷大臣，说道：'你们当中有很多人，在勇气、智慧和策略上都比我强，但是真主把王国交给自己选定的人，真主喜欢的人获得了这个王国。我的伙伴们比我聪慧，他们多才多艺，但是，真主却偏偏选中了我这样一个普通人。总之，是命运赐予我这样大的王国。'在场者都赞叹自己所选国王的具有远见卓识和鼓舞人心的演说。"

智者白德巴埃讲完胡山国王的故事。拉艾·达比什里姆笑逐颜开，感谢过后说道："在和您的交往中，我获得很多智慧和训诫。现在我要求您，接受我带给您这样的高明智者的礼物！"

婆罗门学者白德巴埃说："哎，国王！我已经抛弃世俗世界，隐居山中。我不再留恋世界，不想陷入污秽之中。如果国王坚持要我为您服务，让我感谢王恩，就把这些富有哲理的故事让人记录下来，收藏起来，在处理王国事务时从中受益。请您为我祈祷祝福，因为一个公正的国王的祈福会立即应验。"

拉艾·达比什里姆接受了婆罗门学者白德巴埃的请求，让人把那些从他那里听到的忠告故事记录下来，在处理王国大事时，经常借鉴，吸取教益。

听了"幸运智囊"大臣从头至尾详细讲述的这些故

事,胡马雍·法尔振奋起来,给予"幸运智囊"大臣最高的礼遇,并赐予御用礼物,还把所有富有哲理的故事牢记心中。接下来,国王对"幸运智囊"大臣说:"你的这些富有哲理的传说故事,使我的灵魂焕发青春,我得到了今生来世的福分。从今天起我要把学习这些哲理当作生活的常规,并将从这些哲理故事中不断地汲取有益的养分,以辅助我的王国事务。这些故事深深影响了我,我被讲述人的虔诚、真实和纯洁的心态所打动。因为不论故事多么好,如果讲述人的心地不纯,就难以感染别人。"

大臣双手合十对皇帝说:"陛下说得对,伪君子和说谎者的话就像一把干草,会被烧成灰烬,虔信和诚实人的话语就像太阳一样闪闪发光,并会随着时光流逝而熠熠生辉。"

皇帝胡马雍·法尔更加高兴,赐给"幸运智囊"大臣财富和称号。

朝廷议事结束,胡马雍·法尔也像拉艾·达比什里姆一样,让人把这些富有哲理的故事记录下来,经常翻阅,使这些故事成为不朽的传奇。

终